光文社文庫

文庫書下ろし

浅見家四重想
須美ちゃんは名探偵⁉

浅見光彦シリーズ番外

内田康夫財団事務局

KOBUNSHA

光 文 社

この作品は光文社文庫のために書下ろされました。

目次

第一話　雅《みやび》な悩みごと

1

一月も残り少なくなった金曜日、吉田須美子《よしだすみこ》は右肩にベージュのトートバッグ、左手には緑色のエコバッグをぶらさげて、浅見《あさみ》家への道を足早に歩いていた。近所にある商店街で、どっさりと買い物を終えてきたところだ。

「今日は豆大《まめだい》さんのおからが安かったわね。八百吉《やおきち》さんのほうれん草は少し高い気がしたけど、かぼちゃを安くしてくれたから予算内に収まったし。よし、今夜はおからハンバーグとほうれん草のポタージュ。それに——」

須美子が今晩の献立を考えながら浅見家のすぐ前まで来たとき、前方に坊っちゃまの顔を見つけ立ち止まった。浅見家には二人の「坊っちゃま」がいるが、いま帰ってきたのは浅見家の当主・陽一郎《よういちろう》の長男で、区立のA中学校に通う雅人《まさと》坊っちゃまだ。

「学校の帰りだと、あっちからは少し遠回りなはずだけど……」

マフラーに顔をうずめ、斜め下に視線を向け歩く雅人は、須美子に気づく様子はない。肩に掛けたスクールバッグの紐を両手でぎゅっと握りしめている姿は、心なしかいつもより元気がないようだ。

「お帰りなさいませ、雅人坊っちゃま！」

雅人が近づくのを待って、須美子は笑顔で迎えた。

「あ、須美ちゃん……ただいま」

視線を上げた雅人は、須美子を見て一瞬笑みを浮かべたが、悄然と肩を落とし顔色もどことなく青白い。

「雅人坊っちゃま、今日はおやつにプリンがございますよ」

須美子は雅人のために門扉を大きく開けながら、努めて明るく言った。


須美子は九年前、地元・新潟の高校を卒業した春、浅見家にやって来た。先代の村山《むらやま》キヨが引退するとき、自分の代わりにと、遠縁の須美子を行儀見習いを兼ねた住み込みのお手伝いとして紹介したのがきっかけだった。

浅見家は、何代も続く官僚の家柄だ。先代の秀一《しゅういち》は大蔵省（現・財務省）主計局長のときに急逝していたが、現在、警察庁刑事局長を務める長男の陽一郎は、須美子がここに来た当時も、既に要職に就いていた。

「そんな格式の高いお宅に住み込みだなんて、世間知らずの娘に務まるわけがない」と、両親は丁重にお断りしようと考えていたらしいのだが、当の須美子は、行儀作法も身につけてお給料もいただけるなんて一石二鳥だと思い、二つ返事で引き受けた。

我ながら向こう見ずだったと今では思うが、それなりに大過なくやってこられたのは、勤め先に恵まれたからだと、須美子は感謝している。すぐにしきたりにも慣れたし、浅見家の人々もおしなべて優しかったからだ。

先代夫人の雪江《ゆきえ》、その長男で現・浅見家当主の陽一郎と和子《かずこ》夫妻、二人の子で高校一年生の智美《さとみ》と中学二年生の雅人、そして雪江の次男でもう一人の坊っちゃまである光彦《みつひこ》——。

浅見家では、子どもたちを含め全員が「須美ちゃん」と親しみを込めて呼んでくれる。

それは須美子にとって嬉しいことであり、少し誇らしくもあった。


バッグを置き、制服を着替えてダイニングルームに下りてきた雅人は、やはりどこか疲れているように見えた。暖房の効いた室内なのに、寒そうに背中を丸めている。

熱い紅茶を注ぐ須美子を横目に、消え入りそうな声で「いただきます」と言ってから、須美子お手製のプリンをスプーンですくう。

「んっ！」

雅人は一口食べて目を大きく見開き、二口、三口と進め、あっという間に平らげた。

「お紅茶、どうぞ」

須美子は少しほっとして、ティーカップを差し出した。

「ありがとう」

湯気の立ちのぼるカップに息を二、三度吹きかけてから、雅人は紅茶に口をつける。

「あー、美味しい」と一息吐いて、「あ、プリンもすごく美味しかったよ須美ちゃん。もう一つ、食べたいな……」と上目遣いに須美子をチラッと見る。その顔には、いつものいたずらっ子のような生気が戻っていた。

「あら、ダメですよ。もうすぐお夕食なんですから」

「大丈夫、晩ご飯は別腹だから」

普通、デザートのほうを別腹っていうのじゃないかしら――と、須美子はおかしく思いながら、「じゃあ、智美お嬢様の分を召し上がりますか？」と、わざとらしい口調で問いかけた。

「……意地悪」

雅人は拗ねたようにそっぽを向いて紅茶をすする。姉の分を食べてしまったら、あとで怒られるに決まっている。

「ふふふ、冗談です。一つ余分がありますから、持ってきますね」

そう言って、須美子は空の容器を下げがてら、冷蔵庫からもう一つプリンを出してきた。

「やった！」

素直に喜ぶ雅人に、須美子はさりげない口調を心がけながら訊ねた。

「ところで、雅人坊っちゃま、学校で何かありましたか？　なんだか少しお疲れのご様子でしたけど」

「……あ、うん、ちょっとね」

雅人はスプーンを持ったままテーブルに視線を落とした。その顔に、最前の思い詰めたような深刻な色がまた浮かぶ。それでも、おもむろにスプーンを動かし始めると二つ目のプリンもぺろりと完食した。紅茶を手に、まだ逡巡している様子の雅人が口を開くのを、須美子は辛抱強く見守った。

「――このあいだ、俳句の大会があったんだけどね……」と、雅人はボソボソと話し出す。

「はい、存じております。確か雅人坊っちゃまが賞をお獲《と》りになったのでしたね。若奥様も大奥様もそれはお喜びでしたもの」

「たかが佳作だよ」

照れた表情を浮かべ、雅人は取るに足らないことのように言った。

「いえ、ご立派ですよ。確か東京都の三十人に選ばれたんですよね？」

東京都中学生俳句大会という催しに、雅人の通う中学でも国語の授業の一環として参加している。毎年、夏休み明けに募集し、冬に入選作品が発表されるのだと聞いた。都内の中学生の中から、優秀賞が五人、そして佳作が二十五人選ばれる仕組みで、一月の始業式の日に、全校生徒の前で賞状が手渡されたそうだ。

「うん、でも優秀賞のほうがすごいからさ……」

ぽつりぽつりと話すことには、A中学の受賞者は皆、雅人と同じ二年生だったらしい。

優秀賞が一人、佳作に二人が選ばれ、その一人が雅人だ。そして、唯一の優秀賞を獲った栄えある生徒は雅人のクラスメイトなのだそうだ。

　須美子は、雅人がその生徒に負けたことに落ち込んでいるのかと思った。こんなとき、なんと声をかければいいのか答えあぐねていると、雅人は突然「盗作かも……」と呟いた。

「えっ⁉」

　思いも寄らない不穏当な言葉に、「どういうことですか？」と須美子は聞き返した。

「……優秀賞を獲った岩田《いわた》がね、細川《ほそかわ》くんの俳句を……盗作したかもしれないんだ」

　苦いものでも吐き出すように言って、雅人はそれきり黙ってしまった。

　雅人の悩みが根深そうなことを直感し、須美子は頭の中で今夜の献立を急遽、時間のかからないメニューに変更しながら訊ねた。

「雅人坊っちゃま、お夕食の準備までまだたっぷり時間があります。わたしでよろしければ、詳しいお話を聞かせていただけませんか？」

　最近、急に背が伸び、須美子と同じか、もしかするとすでに追い抜いているかもしれないほど大きくなった雅人だが、中身はまだ十四歳の少年だ。特に雅人は須美子から見ても、空を目指す杉のように、まっすぐに育っている。公立中学に通っている分、姉の智美よりは世間を知っていると思うが、思春期のその心中を推し量りながら、須美子は熱い紅茶のおかわりを注いだ。

一方の雅人は思わず須美子にこぼしてしまったことを、少し後悔していた。

この問題は非常にデリケートで、吐露する相手が両親では、事が大げさになってしまう心配があった。ましてや、正義感の強い祖母に知られた日には、学校や教育委員会を巻き込んだ大騒動に発展してしまうかもしれない。

(須美ちゃんに話したら、お母さんやお祖母《ばあ》ちゃんに伝わっちゃうかも……)

こんなとき頼りになるのは叔父の光彦だが、残念ながら一昨日から取材に出掛けたっきり帰っていない。

光彦は生家に住んでいるのに近所の口さがないおばさん連中からは「イソーロー」と噂されている。家では祖母に、「三十三にもなって、独り立ちできないのですから言われて当然です」とフォローもしてもらえず、きわめて居心地の悪い立場らしいが、実は世間ではそこそこ名の知れた名探偵であることを雅人は知っている。それに、食事どきに交わされる会話では、難しいテーマを分かり易く解説してくれることもあり、雅人は日頃からこの叔父を頼りにしていた。

(叔父さん、早く帰ってくればいいのに……)

雅人は恨めしげにリビングの向こうをうかがったが、光彦の愛車ソアラが戻ってくる気配はない。一つため息をついてから紅茶を口に運び、カップが空になると、雅人は決心して須美子を見上げた。名探偵の光彦叔父のような解決案は期待できないが、自分の胸裏に仕舞っておくには少し荷が勝ちすぎる。ここは思い切って須美子の優しさに甘えることにした。

「他の人には言わないでね。お母さんにもお祖母ちゃんにもだよ」と前置きをし、須美子がしっかりとうなずくのを見届けてから、雅人は学校での出来事を話し始めた。

＊

六限目の授業が終わり、職員研修があるとかで今日は生徒全員すぐに下校するようにと、帰りのホームルームで通達があった。

それでも帰り支度をしながらの話に花が咲き、人影もまばらになった頃、雅人は二人のクラスメイトと下校の途についた。

「いけね、家の人に渡すようにって言われたプリント、机に入れっぱなしだった」

雅人が忘れ物をしたことに気がついたのは、校門を出て少し歩いてからだった。

「僕はちゃんと持ってきたよ」

「俺も。あーあ、学級委員が忘れちゃダメじゃん。待ってるから、早く取ってこいよ」

二人はからかいながらそう言ったが、ここから教室までは急いでも往復五分はかかる。

雅人は申し訳ない気がして、「ありがとう」と言ってから、「でも、二人とも今日は先に帰ってて」と手を振った。

「分かった」

「じゃあ、また来週な」

「うん、またね」

雅人は駆け足で校舎に戻り、昇降口で靴を履き替える。職員研修がすでに始まっているのか、先生たちの姿はなく、校内はこの時間にしては珍しく静まりかえっていた。飛び跳ねるように一段飛ばしで階段を上り、二階の廊下に出たときだった。

「絶対、言うなよ！」

突然、怒鳴り声が聞こえてきた。

雅人は驚いて、慌てて靴音を忍ばせる。

（今のは——）

クラスメイトの岩田の声だ。

階段から数えて二つ目の自分の教室にそっと近づき、少しだけ開いていたドアの隙間から中を覗く。案の定、教室の真ん中あたりに、岩田の大きな背中が見えた。角度を変えると、その向こうにいる人物の顔がチラッと視界に入った。

（あ、細川くん）

岩田と対峙していたのは、小柄でいつもおとなしい細川だった。

「いいな細川、あれはもう俺の俳句なんだからな。お前のじゃない」

「……うん」

岩田は「よし」と言って、ゴリラのような体軀をこちらに向けようとした。雅人は慌てて首を引っ込め、回れ右をして音を立てないよう急いで階段を引き返し、昇降口で気息を整えた。

すぐに岩田が一人で階段を下りてきた。

「お、浅見どうした？」

「忘れ物しちゃって戻ってきたんだ。岩田は今日、先生から渡されたプリント持ってきた？」

「ん？　ああ……」岩田はスクールバッグをごそごそと確認し、「これだろ？」と雅人に見せた。

「そうそれ。机の中に忘れちゃってさ」

「そっか。じゃあな、浅見」

「うん、じゃあね」

雅人はいかつい背中を見送って、もう一度階段を上った。

二階の教室のドアは大きく開いていて、雅人は後ろのドアからそっと細川に近づいた。

中ほどの自分の席で細川は、机の上に広げたノートをじっと見つめている。

背後から覗き込むと、そこには二つの漢字が書かれていた。

「細川くん、それって……」

頭上から降ってきた声に驚いた細川は、立ち上がろうとして机にしたたか足をぶつけ、その拍子にポケットから何かが落ちた。痛そうに顔をしかめながらも、細川は慌てた様子でそれを拾いポケットにしまうと、机の上のノートを急いで閉じる。

「あ、浅見くん。どうしたの？　忘れ物？」

細川は、ずれたメガネを直しながら慌ただしく席に坐り、ノートを机の中にしまった。

「……『盗作』って、何？」

目にしたノートの文字を指摘すると、細川の横顔が青ざめる。

「ねえ、もしかして……入選した岩田の俳句って、本当は細川くんが作ったんじゃない？」

「！」

細川は驚いた表情で雅人を見つめる。

「細川くん、先生に相談しに行こう」

雅人が細川の目を真っ直ぐに見返し、そう言ったときだった。

「ダメだ!!」

初めて耳にする細川の大声、初めて目にする細川の鬼のような形相だった。雅人が驚いて何も言えずにいると、いつもの弱々しい声に戻って細川は懇願した。

「あ、浅見くん、お願い……先生には……言わないで」

細川の豹変ぶりに気圧され、雅人はただ黙ってうなずくことしかできなかった。

＊

「――なるほど、細川くんが作った俳句を岩田くんが自分のものとして提出し、それが入選し、しかも優秀賞を獲ってしまったというのですね？」

雅人の深刻な話に、須美子は努めて冷静な口調で確認した。

「うん……でも、細川くんは、はっきりそう認めたわけじゃないんだ……」

「ですが、先生には言わないでとおっしゃったのですよね？」

「それは……うん……そうだよね、やっぱり、そういうことになる……よね」

雅人はがっくりと肩を落とし、老人のようにうな垂れた。

須美子は内心戸惑っていた。誰にも言わないよう雅人に念押しされたが、正直、自分には問題が重大すぎる。だが、雅人は自分以上に、悩み、苦しんでいるのだろうと思うと、できるかぎりのことをしなければという使命感のようなものが湧いてきた。

「細川くんは日頃から岩田くんに、その……いじめというか……暴力を振るわれたりしていたのでしょうか？　先生に言ったら、岩田くんから仕返しされると心配したのでしょうか」

須美子の遠慮がちな質問に、雅人は顔を上げ首を横に振る。

「岩田は体も大きいし力も強いけど、誰かに暴力を振るったのなんて見たことないよ。いじめも、ないと思うんだけど……」

雅人は思慮深げな目をして天井を見上げた。

「あ、でも、細川くんが持ってるものを『俺にもくれよ』って岩田が言ってたことは何度かあったかな。ただ、いつも『いいよ、他にもあるし』って細川くんも笑ってたし、気にしていないように見えたんだけど。細川くん、本当は嫌だったのかな……」

雅人が両手の拳を強くにぎりしめて、また力なくうな垂れた。細川の本心に気づかなかった自分を責めているのかもしれない。須美子は今聞いた話をフルスピードで反芻した。

するとまた、ある疑問が頭に浮かぶ。

「細川くんは、どうしてノートに『盗作』と書いたのでしょうね」

「どういうこと？」

「先生には言わないでと思うなら、わざわざ証拠になるような言葉をノートに書き残さない気がしたので……。実は細川くんが、心の中では誰かに知ってほしいと願っていて、その気持ちの表れなのではないでしょうか――」

「それはつまり、僕にわざと見せたってこと？　それはないいんじゃないかなあ。すごく慌ててすぐ隠してたし、細川くんの顔、青ざめてたから、多分、本当に見られたくなかったんだと思うけど……」

「そう……ですか。あ、入選した岩田くんの……細川くんのかもしれませんけど、その俳句って、どんな句だったか覚えていらっしゃいますか？」

「えーっと――」

しばしの間、視線を彷徨《さまよ》わせてから、「『秋近き暮れてさびしや日の光』だったかな」と雅人は一息に言った。

なんとなく情景が浮かぶ気はしたが、門外漢の須美子にはそれが優秀賞を獲得するレベルの作品なのかどうかの判断はつかなかった。ひとまず心の中で繰り返しながら、もっともらしくうなずいておいた。

（確か雅人坊っちゃまが佳作を獲った句は、『石段の陰でたたずむトカゲかな』だったわよね）

「暑い夏にトカゲが神社の石段の陰で涼んでいるように見えたんだ」と、夕食の席で家族に解説していたのを聞いて、須美子にもその光景が浮かび感心したものだ。

「ただいまー」

そのとき玄関から、鈴を転がすような声が響いてきた。靴を揃える音がして、すぐに制服姿の智美が顔を覗かせた。今年、J学院の高等学校に進学した雅人の姉だ。色白で整った顔立ちは陶器の人形のようで、同性の須美子から見てもドキッとする美少女だ。

「智美お嬢様、お帰りなさいませ」

「ただいま。あ、今日のおやつはプリンなのね。もしかして、須美ちゃんの手作り?」

雅人の手元にある空の容器を見て智美が顔を輝かせた。

「はい」

「やったー、須美ちゃんのプリン美味しいのよね。久しぶりだわ。あっ、雅人、自分の分はさっさと食べて、わたしのプリンも食べようとしたんじゃないでしょうね?」

智美の探るような瞳に、雅人はチラッと須美子を見てから、「し、してないよ」と答えた。

「本当? なんだか怪しい反応ね」

智美が笑いながら雅人に顔を近づける。

「ほんとだってば。ね、須美ちゃん」

雅人は仰け反るように目を逸らしながら、須美子に助けを求めた。

「はい、お代わりしてもう一つ召し上がったのは事実ですけどね」

「えー、ずるい! 雅人、二つも食べたの」

頰を膨らます智美を見て、雅人は「ごちそうさま！」とバタバタと二階の自室へ上がって行った。

「秋近き、暮れてさびしや、日の光――か」

夕食の片付けをしながら須美子が節をつけて口ずさむと、「お、風流だね」とからかうような声が背後から聞こえた。

「坊っちゃま！」

浅見家のもう一人の坊っちゃま、光彦だった。

十四歳の雅人と違い、光彦は三十三歳。須美子より年上だし、一般的にも坊っちゃまと呼ばれるような年齢ではないのだが、先代・キヨから引き継いだ呼び方を改めようとは思わない。

「ただいま須美ちゃん」

「お帰りなさいませ……坊っちゃま、お戻りになる前にご連絡いただければ、お食事をご用意しておきましたのに」

「ああ、大丈夫。食べてきたから」

そう言って、光彦は「これ、お土産」と『温泉まんじゅう』と書かれた箱を差し出した。

「ありがとうございます。明日、皆さんにお出ししますね」

「うん。ところで、さっきの俳句さ、あれ『暮れてさびしや』っていうのが風情と心情とを同時に表す名句だよね。えーと、松尾芭蕉《まつおばしょう》だっけ?」

光彦が右手の人差し指でコツコツとこめかみを叩き、思いついたように言ったのを聞いて、須美子は吹き出しそうになった。

「あの……中学生が作った俳句ですけど」

「え、そうなの!? へえ、最近の中学生はすごいなあ。僕が中学生の頃は『かしわもち、もなか大福、水ようかん』とか、そんなのしか作れなかったけど」

「……そんなおかしな俳句を作るのは、坊っちゃまだけだと思いますけど……」

光彦が本当にそんな句を作ったとは思わなかったし、そもそも俳句と呼べるかどうかも疑わしい。いつものジョークだろうと、須美子は軽く受け流した。

「あははは……あ、そういえば、このあいだの雅人の俳句も良かったよね。佳作に入ったっていうトカゲの句。映像がパッと浮かんだし、それにトカゲがたたずむっていうのもいい。雅人は創作系の仕事に向いているのかもね」

光彦はそう言いながら、冷蔵庫から牛乳を取り出した。須美子が阿吽の呼吸で、食器棚からグラスを差し出すと、「お、サンキュー須美ちゃん」と、立ったままグラスに牛乳を注ぎ、一気に飲み干す。

「よし、もうひと踏ん張りするか。ごちそうさま」

空になったグラスを須美子に返し、光彦は自室に引きあげていった。

（何かお夜食を準備しておこうかしら）

フリーランスのルポライターをしている光彦は、原稿の執筆を夕食後から夜中にすることが多い。以前聞いたところ、日中よりも仕事がはかどるのだそうだ。夕食は済ませてきたと言っていたが、今から始めればきっと夜中におなかが空くだろう。須美子は冷蔵庫からハムとチーズとレタスを取り出し、サンドイッチを作る準備に取りかかる。

そのとき、『――名句だよね。えーと、松尾芭蕉だっけ？』という先ほどの光彦の言葉から、一つの考えが頭をよぎった。

（まさかね、そんなことすぐにばれちゃう……でも、二つとか三つならもしかして……。よし、明日、図書館に行ってみよう）

手早くパンにバターを塗りながら、須美子は不謹慎だと自戒しつつも、今、芽生えた着想に少しそわそわしていた。

2

翌日、昼食の片付けを済ませ、須美子は慌ただしく勝手口を出た。目指す図書館は、旧古河庭園の斜め向かい、滝野川会館の地下一階にある。

本郷《ほんごう》通り——かつては日光御成街道《にっこうおなりかいどう》と呼ばれていた広い通りに出て東へ進み、地下鉄の西ケ原《にしがはら》駅前の信号を渡る。すると、目の前にある総合病院の前で、白髪の男性がキョロキョロと何かを探しているのに気づき、須美子は立ち止まった。

「あの、何かお探しですか？」

須美子が訊ねると「ええ、ちょっと筆を転がしてしまいまして……」と、大きなバッグを抱えながら、地面に目を這わせている。

「筆ですか？」

「はい。ああ、ありました」

男性は使い込まれた絵筆を拾い、「ありがとうございました」と、ニッコリ微笑み頭を下げてから歩いて行った。

(何もしてないのにお礼を言われちゃった)

男性の後ろ姿を、須美子はほっこりした気持ちで見送った。

「わたしも、ああいう人になりたいな」

本郷通りを足取り軽く歩き始めた須美子を、冷たい風に巻かれた落ち葉が追い越していった。

土曜日の図書館は思ったよりも混雑していて、受付カウンターには行列ができている。

須美子は本棚の脇に書かれた分類を確認しながら、俳句のコーナーを目指した。

そこには松尾芭蕉に特化した本も何冊か並んでいた。その中から『俳句研究～松尾芭蕉』という一冊を手に取り、試みにぱらぱらとめくってみる。

（うーん、どうやって探せばいいのかしら。空くのを待って受付で相談したほうが早いかも――）

本を棚に戻し、次に国語辞典くらいの大きさの本を引き抜きながら須美子は考えた。こんな分厚い本の中から、目当ての俳句を探すのは簡単ではない。

だが、それは杞憂に終わった。

手にした『芭蕉句集』というタイトルの本を、先ほど同様、その場でぱらぱらと繰っていると、視界の片隅に違和感を感じ手を止めた。戻ってみると、左上の角に斜めに三センチ程度の折られた痕跡があるページを見つけた。

（みんなの読む本なのにひどいことするわね……あっ！）

須美子は危うく声を漏らしそうになって、口を押さえた。

『日は花に暮れてさびしやあすならう』

入選した岩田の俳句と、真ん中の七文字が一緒だった。

（予想的中かも！）

須美子は鼓動が早くなるのを感じながら、その本を持って閲覧スペースへ行き、空いている椅子を探した。

席に坐りいったん本を閉じて机に置き、横から覗く。先ほどの折り目のあったページには、ごく僅かだが隙間ができていた。よくみると、他にも二箇所、同じような隙間がある。そっと指を挟んで該当ページを開くと、須美子が思っていたとおりの俳句が、それぞれのページに見つかった。

『秋近き心の寄るや四畳半』

『あらたふと青葉若葉の日の光』

（……やっぱり）

松尾芭蕉の三つの俳句に、岩田の受賞作の言葉が入っている。つまりあの作品は、松尾芭蕉の三句をつなぎ合わせた「盗作」だったのだ。

光彦がはじめ松尾芭蕉の名前を出したとき、須美子は思わず笑いそうになってしまったが、仮にも文筆業で生計を立てている光彦のこと、当てずっぽうで言ったわけではないのではと思い直したのだ。

（さすが坊っちゃま！）

須美子は心の中で喝采すると、今度は細川の行動からその内心を想像する作業に移った。

そもそも細川は、当初はあまり深く考えていなかったのではないだろうか。こうして折り目をつけてしまっていることからも、その線が濃厚だ。ほんの軽い気持ちで、この本に載っている句を繋げて作ってみたものの、岩田の句として受賞するにいたって、ようやく自分の行為が盗作にあたると気づき怖くなった――。

つまり、細川は岩田が自分の俳句を盗んだことをノートに書き記したのではなく、細川自身が松尾芭蕉の俳句を『盗作』したことを、自身のノートに書き留めたのだ。「盗」という文字を書いてみて初めて、強い罪の意識が生まれたのかもしれないと須美子は細川の心中を推し量った。

一方の岩田は、細川が盗作したとは知らない。だから、受賞を知った細川が「あれは僕が作った俳句だから返して」と言い出すことを心配して、「あれはもう俺の俳句なんだからな、絶対言うなよ」と脅しをかけた。けれども実際は、細川自身は何も言えない立場なのだ。

そして、雅人に目撃されたことは、細川にとっては不幸な偶然だったのだろう。雅人は細川を純粋に被害者だと思い、教師への相談を促した。だが、細川はおそらく、自分が盗作したことがばれてしまうのを回避するために雅人を制したのだ。

（だから「先生には言わないで」だったのね……でも……）

須美子は応募された俳句を選考する際に、本当にこういう俳句は除外されないものだろうか――と疑問に思った。詳しくは知らないが、選考はそれなりに俳句に精通したプロが行っているのではないのだろうか。

(さすがに三つも合体すると、プロでも気づけないのかしら……)

俳句はたった十七文字で構成される世界だから、偶然、似たような句が出来上がることもあるだろう。もしかしたら、気づいた選考委員もいて、その上で偶然の良作と判断したのかもしれない。あるいは、過去にも同じような作品が誰にも気づかれず入選しているのかもしれない――。いや可能性という点では大いにありうる。この本に収められた松尾芭蕉の俳句だけでも千近くもあるのだから、それこそプロといったって全部記憶しているわけではないのかもしれない。

そもそも俳句の出来映えとして、「秋近き暮れてさびしや日の光」はどうなのだろうかと思った須美子だったが、結局のところどんな作品も、その真意は作者にしか分からないのだと考え直した。小説でさえ作者の意図を完全に理解するのは不可能だ。ましてや、原稿用紙一枚どころか一行程度の俳句では、より受け手の感性や想像に頼るところが大きいのだろう。

(――それに)

もはや選考云々に関しては問題ではないと、須美子は思考を切り替えた。

細川は罪の意識を抱いているようだが、岩田に至っては、「あれはもう俺の俳句なんだからな」と細川に念を押していることからも、全く反省の色は見えない。

須美子は難しい年頃の二人のことを思った。そして、何より偶然、今回の問題の一端を知ってしまった雅人が胸を痛めているのを、放ってはおけない。

（なんとかしなくちゃ……）

今は自分がすべての真実を知った上で、どうにか軟着陸させる方法を考えようと、心に決めた。

（ん？　でも、そもそも現時点では、細川くんがこの本から盗作したっていう確たる証拠は何もないのよね。せめて細川くんが借りたということが分かれば――）

だが、須美子のその思いつきはすぐに躓いた。

（ダメよね。図書館の方に、この本を借りたのは誰ですか――と言っても、教えてくれるわけがないわ……）

須美子が幼いころ絵本を借りていた小さな図書館では、本の後ろにポケットがついていて貸し出しカードが挟まっていた気がする。だが、最近では個人情報やプライバシーの問題もあり、図書の貸し出しシステムが変わっているようだ。

そういえば以前、ある著名人が借りた本の貸し出しカードが新聞に掲載され、問題になったことがあったと須美子は思い出した。民主主義の基本原則で、何を読んだか、何に興味があるかは「内面の自由」として尊重されるのだそうだ。真っ向から聞いたって、教えてもらえっこない。

（こういうとき、光彦坊っちゃまならどうするかしら……？）

須美子は人差し指を顎に当てて、光彦の端整な顔を思い浮かべた。

本業はルポライターだが、光彦が時折、母親から禁じられている趣味の探偵ごっこをしているのを、須美子はお見通しだ。

そして、光彦の探偵としての能力が一流であることも知っている。何度か須美子自身も助けてもらったことがあるからだ。そんな光彦の才能に、須美子は心の奥底で、実は少しだけ憧れている部分があるのかもしれない。

（そうだ！）

光彦ならと考えてひらめいた須美子は、バッグからメモ帳を取り出し、ある言葉をわざとぎこちない筆跡で書き、本に挟む。

そして、ようやく列が途切れた受付カウンターへ向かうと、遠慮がちに切り出した。

「すみません……」

「はい、貸し出しですね。利用カードをお持ちですか？」

鼻にずり落ちた眼鏡が不思議なほど似合っている初老の男性が応対してくれた。

「あ、そうではなくて。ちょっと気になったことがありまして」

「そうですか。どんなことでしょう」

須美子は胸を痛めつつも、持っていた本をカウンターに差し出した。

「この本の間に、こんなメモが挟まっていたんです。前に借りた人が挟んだまま忘れちゃったんじゃないかと思いまして」

須美子は本を開き、さっき自分が書いたメモを見せる。心臓が口から飛び出しそうなほどドキドキし、全身から冷や汗が吹き出す。

「えーと、『かしわもち　もなか大福　水ようかん・細川』。なんですかなこれは。五、七、五になっているようですが、食いしん坊な俳句……なのですかな」

受付の男性は本の表紙を確認し、「『芭蕉句集』ね――」と言いながら眼鏡をくいっと上げ、一文字一文字叩くようにキーボードを操作する。静かな図書館にカチャカチャという音を響かせたあと、画面に目を近づけながら話し始めた。

「えーと、ああ、去年の夏に借りている人がいますね……あれ？　だけど、違うみたいですよ。念のため、こちらで預かっておきましょう」

無表情でそういって、本と紙をカウンターの下に仕舞った。

（あ……）

誰が借りたかうまく聞き出せず焦った須美子の脳裏に、さっき病院の前で会った白髪の男性の顔が浮かんだ。

「お忙しいのに、調べていただきありがとうございました！」

咄嗟に須美子は、とびっきりの笑顔を見せる。

「え、ははは、そんな構いませんよ、これくらい」

突然、礼を言われた受付の男性は驚きながらも、嬉しそうに表情を和らげた。

「そっか、細川さんじゃなかったんですねえ」

「ええ、イワタラ……あ、えーと個人情報ですので、お名前はアレですが……違いますね」

男性は慌てて表情を引き締め、眼鏡を中指で押し上げる。

（どういうこと……？　本を借りたのは細川くんじゃなくて、岩田くん……!?）

須美子は混乱した頭のまま図書館をあとにした。

浅見家に戻った須美子は雅人の部屋を訪ねた。ドアをノックすると、すぐに「どうぞ」と返事がある。

「あの……雅人坊っちゃま、ちょっとよろしいですか」

「どうしたの須美ちゃん。……あ、もしかして」

読んでいた本を閉じ、椅子に坐ったままくるりと振り返った雅人は、息を切らして階段を上がってきた須美子を見て昨日の話だと察したようだった。

「はい。あの岩田くんのことなんですけど」

「うん……」

「岩田くんの名前って、『ら』から始まったりします？」

「そう岩田雷斗《らいと》。ちなみに細川くんは李久《りく》って言うんだけど――」

質問の意図が分からないまま雅人は続けた。「……僕、岩田の下の名前を須美ちゃんに教えたっけ?」

「いえ……」

須美子は答えてから、顔も知らない岩田少年の姿を想像した。

(「ら」から始まる名前って、そんなに多くないわよね……。やっぱり、あの本を借りたのは雅人坊っちゃまの同級生の岩田くんかしら……でも、だとするとどういうこと?)

細川が松尾芭蕉の俳句から盗作をし、それを岩田が横取りして、入選を果たした――と思っていた須美子の仮説が、根本からひっくり返されてしまった。

(あの本を借りたのが岩田くんなら、松尾芭蕉の俳句を盗作したのもまた岩田くんということになるの?……ううん、違う)

須美子は自分の問いかけを心の中で即座に否定した。岩田は、『あれはもう、俺の俳句なんだからな。お前のじゃない』と言ったのだ。つまり元は細川のだったということの裏返しではないか。

目の前の雅人のことも忘れ、須美子は思考の海を彷徨った。

「あっ、ポケット!」

須美子は昨日の雅人の話に出てきた重要なキーワードを思い出した。

確か雅人は、細川が何かを拾ってポケットにしまい、それから机の上のノートを閉じたと言っていたのではなかっただろうか。

(なんで先に拾ったのかしら——もしかしたら落とした物って……)

「須美ちゃん、突然どうしたの？　ポケットってなんのこと？」

「いえ……雅人坊っちゃまは、滝野川図書館の利用カードをお持ちですか？」

「うん、持ってるよ。あ、そういえば、昨日、細川くんが慌てて拾ったのって、図書館のカードだったかも……」

「やっぱり……」

そういって、須美子は視線を斜め上に向けた。

「え？」

つられて雅人もそちらに目をやったが、須美子が見ている窓の上のスペースには白い壁が広がるばかりだ。

「……そうか。だから細川くんは、ノートより先に拾ったのね……つまり……」

雅人は独りごちた須美子の顔を、首をかしげて見ている。

「ねえ、須美ちゃん、どうしちゃったの？　大丈夫？」

口を「り」の形にしたまま動かなくなった須美子に、雅人が心配そうに呼びかける。

「——雅人坊っちゃま、月曜日に岩田くんにこっそり聞いてみていただけませんか？」

二、三度まばたきをして、ようやく須美子は雅人に焦点を合わせた。
「うん、いいけど何を？」

「ええと――」

3

学校から帰った雅人は、近所にある浅見家御用達・平塚亭の大福を頬張りながら須美子に報告した。

「岩田のやつ、図書館のカードをどこかで落としちゃったんだって」

週末、須美子に話して気分が晴れたのか、それとも学校で何か良いことでもあったのか、雅人の沈んだ様子はすっかり回復していた。

「やはりそうでしたか」

「でも、岩田は『俺は本なんか借りたこともないし、借りるつもりもないからいいんだよ』って言ってたけど……ごちそうさま！　で、須美ちゃん、岩田が図書館のカードを持っているか確かめて、何が分かったの？」

白い粉のついた口の周りをティッシュで拭きながら、雅人が訊ねる。

「なぜ細川くんは、ノートを隠すより先に落としたカードを拾ったのか、ですが――」

「一昨日もそんなようなこと言ってたよね。それがどうしたのさ?」

「それは、細川くんにとって、ノートよりそっちのほうが大切だったからです」

「……え、でも、落としたのって図書館の利用カードだよ。僕に『盗作』って書いてあるノートを見られちゃうほうがマズかったんじゃない?」

「いえ、雅人坊っちゃまに、より見られたくなかったのは、そのカードのほうだったんです」

「……?」

雅人は答えを探すように目を泳がせた。

「あくまでわたしの想像ですが……」と前置きして、須美子は一度言葉を切った。雅人は食い入るように須美子を見つめ、次の言葉を待っている。

「——まず、細川くんは最初から、岩田くんが自分の俳句をほしがることを想像していたんだと思います」

「……そうだね。細川くん、悔しかっただろうな……」

「はたしてそうでしょうか?」

「え?」

「細川くんは、今回ばかりは岩田くんがほしがったことを喜んだと思いますよ」

「どうしてさ!」

「細川くんは、岩田くんに日頃の仕返しをしようとしていたんです。……これを見てください」

昨日あらためて図書館で借りてきた『芭蕉句集』を開き、須美子は例の折り目の残っているページの三つの俳句を順に指し示した。受付に一昨日の男性がいたらどうしようと不安だったが、幸い昨日は若い女性だけだった。

「これって！　岩田の俳句に出てくる……」

「そうです。あの俳句はこの三つの芭蕉の句をつなぎ合わせた『盗作』だったのです」

「そんな!?　それじゃあ、細川くんが盗作したってこと？」

「はい。でも、この『芭蕉句集』を借りたのは岩田くんということになっていました」

「え、えっ、ちょっと待って、岩田が本を借りて盗作？　あれ、でも岩田は本なんて借りたことないって……いやいや、それより細川くんのノートの『盗作』は？　え、どういうこと!?」

矢継ぎ早の質問をする雅人の目の前に須美子が人差し指を立てると、雅人は催眠術にかかったようにコクリとうなずいて沈黙した。

「細川くんは日頃から自分の物をほしがる岩田くんに、不快な感情を抱いていました。それできっと、この作戦を立てたんです」

「作戦？」

「岩田くんなら、課題の俳句もいつものように『俺にもくれよ』って言うだろうと……」

須美子の言葉に雅人が反応する。

「あっ、思い出した！　夏休みの登校日だ。みんなで俳句がまだできてないとか、面倒くさいなぁって話になったとき、『僕はいっぱいできたよ』って珍しく細川くんが自分から輪に入ってきたことがあった。そうだ、そのとき岩田もいたはず……」

「たぶんそれも細川くんの作戦のうちです。細川くんはわざと、岩田くんがいつもどおり『くれよ』と言ってくるよう仕向けたんだと思います。そして予想どおり、岩田くんは『俺にもくれよ』と食いついた。細川くんはきっと渋々といった表情を見せながらも心の中では快諾し、例の俳句を譲ったのです」

雅人は真剣な眼差しで須美子を見つめていた。

「細川くんは、あの俳句が受賞すると思っていたのかな？」

「いいえ、おそらく細川くんにとっても受賞は想定外だったはずです。きっと選考途中で盗作がばれて、――早ければ担任の先生あたりが気づくと考えていたのではないでしょうか。そして岩田くんが叱られて……」

「でもそんなことをしたら、あとで岩田に文句を言われるんじゃない？」

雅人はまだ、須美子の推理をまるまる信じる気にはなれないらしく、訝しげに首をかしげた。

「そうしたら、『僕は知らない』と言うつもりだったんだと思います。……実は、細川くんは、そのために用意周到な計画を練っていたと考えられます」

須美子は事ここに至ってもまだ、雅人にどこまで明かすべきかを迷っていた。純粋な雅人は、同級生の悪意を知り、より傷つくのではないだろうかと心を砕いた。

（でもきっと、雅人坊っちゃまなら――）と、雅人が乗り越えられることを信じて、腹をくくった。

「細川くんは岩田くんの図書館利用カードを使って、『芭蕉句集』を借りたんだと思います。しかもご丁寧に、この俳句を盗作しましたよと分かるように、わざわざ折り目まで残して……」

もしかしたら細川は、あの図書館の本だけでなく、他の図書館でも痕跡を残しているかもしれない。ひょっとしたら、学校の図書室にも――と、そこまで想像を膨らませて、須美子は思考を中断した。中学生の小さな復讐心で、そこまで徹底した工作をするなどとは考えたくない。いや、もしそこまでするのなら、そもそも担任の先生に匿名で、「岩田の俳句は盗作だ」と知らせればよかったのだ。それをしていないことが、細川が悪に徹しきれていない証拠で、本当は雅人と同じ心根の優しい少年だと須美子は信じたかった。

「須美ちゃんはさ……細川くんが岩田のカードを盗んだっていうの？」

すぐには信じられないようで雅人は重ねて疑問を呈した。

「それは……分かりません。落ちていたのを拾っただけなのかもしれません」

「……」

「最初にお伝えしたとおり、いまお話ししたことは、すべてわたしの想像……ただの推測ですので、何もかも間違っているかもしれません。それに、雅人坊っちゃまからお聞きしたお話は、今後もご家族の皆様にもいっさいお話しするつもりはありません。ですので、あとは雅人坊っちゃまがどうなさりたいか考えてください。……でも、わたしにできることがあればなんでもおっしゃってください」

「須美ちゃん……」雅人は感謝の眼差しを須美子に向けた。「すごいね、まるで叔父さんみたいな名探偵だよ」

「な、何をおっしゃるんですか！　わたしは名探偵なんかじゃありません」

慌てて否定する須美子に笑顔を向けてから、雅人は言った。

「明日、細川くんと話してみるよ」

4

翌日、須美子は夕食の買い物をしたあと、近くの商店街にある生花店の花春《はなはる》を訪れた。

西ケ原にある浅見家の近所には、須美子が毎日のように通う商店街が三つある。——と言っても、一見すると長い一つの商店街なので、そこが三つに分かれていることを知っている買い物客は少ないかもしれない。

一番近いのが西ヶ原商店街。そこから東へ道なりに進むと、いつしかそこは染井《そめい》銀座商店街に変わり、さらに進めば霜降《しもふり》銀座商店街へと繋がっていく。端から端までゆっくり歩くと、三十分ほどもある人情味溢れる町並みだ。ちなみに、花春のある霜降銀座商店街のアーチや街灯フラッグには、「しもふり」の「し」をモチーフにした「しーちゃん」というキャラクターが描かれている。

「あら、須美ちゃんいらっしゃい」

店主の小松原育代《こまつばらいくよ》が、いつもの真ん丸な笑顔で迎えてくれた。

「こんにちは、育代さん」

還暦間近の育代とは親子ほども年が離れているが、彼女は須美子の気の置けない友人だ。もともと花春は大奥様・雪江のおつかいで訪れるだけの店だったが、須美子は育代と馬が合い、今では用事がなくても時折、買い物帰りに寄らせてもらっている。

「誰もいないから坐って、坐って」

須美子をうながし、「いま紅茶を淹れるわね」と育代はいそいそと支度をはじめた。

店の奥のちょっとしたスペースには小さな丸テーブルがあり、他にお客さんがいないとき、そこで短い時間おしゃべりを楽しむのが常だった。

「おじゃまします」

肩に掛けたトートバッグをおろしながら須美子は席に着く。店内は冬でもカラフルな花が咲き誇り、ゆっくり深呼吸すると、様々な花の香りが鼻孔をくすぐる。いつきても花春は、須美子にとってホッとできる空間だ。

「今日は日下部《くさかべ》さん、いらしてないんですね」

小さなトレーに湯気の立ったカップを二つ載せてテーブルについた育代に、須美子は訊ねた。日下部亘《わたる》は育代がお付き合いしている少し年上の紳士だ。花にまつわる暗号をきっかけに二人は親しくなったのだが、そのとき、謎を解き明かし二人の仲を取り持ったのが須美子だった（『須美ちゃんは名探偵⁉』参照）。

「ええ、今週は大学の講義が長いんだって言ってたわ。はい、どうぞ」

帝都大学で教授を務めていた日下部は、退官した現在も非常勤講師として、週に何コマか講座を持っている。

「ありがとうございます」

育代がおいてくれたカップを両手で包み込むと、冷え切っていた指先がじんわりと温かくなっていく。凝り固まっていた心もほぐされていくようで、「ふう」と思わずため息のような声が漏れた。

「今日は寒いわね」

「そうですね」

「……ねえ須美ちゃん、考え過ぎちゃダメよ」

「え？」

「なんだか難しそうな顔してるから……あ、もしかしてまた難事件に挑んでいるの？」

日下部の暗号以外にもいくつかの謎を解き明かしたのを見てきた育代は、須美子を名探偵だと思い込んでいる節がある。

「違いますよ。そもそもわたしは刑事でも探偵でもありません」

須美子は首を振ってから紅茶を口元へ運ぶ。

「ふふふ」と笑ってから、「……でも、本当になんだかちょっと疲れているみたいだけど」と育代は少し心配そうに須美子の顔を覗き込んだ。

「そんなこと……」

否定しようとした須美子だったが、確かにここ数日、雅人から聞いた悩みごとで神経が疲弊しているのかもしれなかった。今後どうなるかは雅人次第だが、どうすることが正解だったのか、いまだに分からずもやもやとしたものが、胸の中に澱のようにたまっている。

「考えるのは大事なことだと思うけど、考えても仕方のないことは、考えないほうがいいときもあるわよ」

須美子の様子が普段とは違うと察したのだろう。いつもの育代らしくない、眉間に力のこもったシビアな表情で、誰かの名言のようなことを口にした。

「育代さん……」

カップを持つ手を止めて須美子は尊敬の視線を送った。

「──でも、わたしの場合、考えないようにしていたら、何を考えていたかも忘れてしまって、困っちゃうんだけどね」

そう言って眉毛をハの字に広げ、育代は肩をすくめる。

「ぷっ、なんですかそれ」

育代の仕種と言葉に紅茶をこぼしそうになって、須美子は慌ててカップをテーブルに戻した。

「だから、なんのことか忘れちゃっているのよ」

「ふふ、なんだか育代さんらしいですね」

「でしょう……って、須美ちゃん、わたしは忘れん坊を自慢しているわけじゃないのよ。それに、ちゃんとあとで思い出したんだからね。あのときはあれだったのよ……ほら、あれよあれ……あれっ？　また忘れちゃったみたい……」

恥ずかしそうに「えへへ」と笑う育代を見て、須美子は思わず「アハハ！」と大きな声を出して笑ってしまった。

「ちょっと須美ちゃん笑いすぎ」

「す、すみません……でもありがとうございます、育代さん」

育代なりの励ましだと分かった須美子は、その温かい心遣いに感謝した。

「よく分からないけど、きっと大丈夫よ」

満月のような育代の顔を見ていたら、なんだか少し気持ちが晴れた。

(そうよね、きっと大丈夫——)

＊

その日、学校から帰ってきた雅人はキッチンにやって来て、夕食の準備をしている須美子の横に並んで立った。今日は雅人の帰りが遅かったので、すでに食事の時間が迫っている。できれば手を止めて、じっくりと話を聞きたいところではあったが、須美子にはその余裕がなかった。

しかし、雅人の方も須美子の手が空くまで待ってはいられない——と言わんばかりに、キッチンに来るなり堰を切ったように話し始めた。

「あのね、須美ちゃん、実は——」

放課後、雅人が「岩田の図書館利用カードと松尾芭蕉の俳句に心当たり、ない?」と訊ねたとき、細川はにらみつけるような目を向けてきた。だが、それを真っ直ぐに受け止める雅人の冷静な表情から、ごまかしても無駄だと悟ったのか、細川は目を逸らし下を向いた。

鼻息荒く、唇を噛みしめ、何度も大きく息を吐き出してから、細川は「……そうだよ、僕が仕組んだんだよ」と言った。

すべては、夏休み前に細川が岩田の落とした図書館利用カードを拾ったことから始まったのだそうだ――。

「あの日、岩田からまた、僕が持ってる物を一つくれよって言われたこともあって、腹いせに教室に落ちてた岩田のカードをゴミ箱に捨ててやったんだ」

細川が「岩田」と呼び捨てにしたことに雅人は驚いた。いつもは「岩田くん」と呼んでいたはずだ。それに、いまの細川の目はどこかいつもと違っている。ここにいる人物は本当に、いつもおとなしい、あの細川なのだろうか。先日、「盗作」のことを先生に相談しようと言ったときに見せた鬼のような顔とも違う、静かな恐ろしさを感じた。

「でも、なんとなく気になっちゃって、結局次の朝、ゴミ箱から拾ったんだけど、返しそびれてさ。で、それからも岩田にはいろいろと取られて、だんだん頭にきて……それで、考えたんだ。このカードを使って、仕返しができないかって。いつも人の物を奪う岩田が、人の物を奪った罪で罰を受ける方法を考えついたんだよ」

「それで、松尾芭蕉の俳句を盗作したの？」

「うん、岩田のカードを使って図書館で『芭蕉句集』を借りてきて、そこに載っている俳句を組み合わせて作った。岩田が僕に俳句をくれと言ってきたら、それを渡してやろうと思って」

細川は得意気に自分のしてきたことを披瀝《ひれき》した。

「……でも、岩田が俳句をくれって言わなかったら？」

「ぜったい言ってくると思ったよ」

夏のあの日、この教室で、細川が「僕はいっぱいできたよ」と言ったときのことが、また雅人の脳裏に蘇った。やはり細川は意図的に餌を撒き、岩田に「俺にもくれ」と言わせたのだ。

「岩田があの俳句を提出するだろ。担任の大縄《おおなわ》先生か、学年主任の中嶋《なかじま》先生か……あるいは校内で気づかれなくても、選考会で盗作がばれれば、間違いなく学校に連絡が来る。そうすれば、岩田は先生に呼び出されて、『松尾芭蕉の俳句を盗作しただろう！』って叱られる。そのとき岩田は、まさか僕のを横取りしただなんて口が裂けても言えないでしょう？」

「……………」

「だってさ、僕の名前を出したら、今度は僕のを盗んだことを先生に叱られるんだよ。そうなったら、今まで僕から盗んだ物も全部ばらされるかもって怯えることになるでしょう。だから、先生に盗作が疑われても、岩田は口を噤むしかないんだ」

岩田がくれよと言っていたはずが、いつの間にか岩田が盗んだことになっている。岩田への憎しみから、細川が勝手に話を膨らませていることに雅人は気づいた。

「岩田が細川くんに、文句を言ってくるとは思わなかったの？」

「もちろん思ったよ。岩田ならきっと、先生に呼ばれたあと僕に文句を言いに来るだろうって。でも、そうしたらこう言ってやるつもりだったんだ。『僕は何も知らないよ。だって、あれはきみの俳句なんだろ』ってね……」

細川は一瞬、苦しそうな表情を見せたが、冷たい目のまま続けた。

「岩田はきっと、最後は盗作の証拠はないんだから偶然だ――と言って逃げきろうとするはず。だからそのときは、図書館にあった『芭蕉句集』に似たような俳句が載っていたけど、その本をきみが借りていたことがばれたら偶然じゃあ済まないよねって教えてやるつもりだったんだ」

「でも、岩田は本を借りてないんだろう？」

「そうだよ。だから、こう訊いてやるんだ。図書館のカードは持っているのかってね」

昨日、須美子に聞いたとおりのことを淀みなく話す同級生の顔を眺め、雅人は、暗澹《あんたん》たる気持ちで「そうか」とだけ言った。

「岩田のやつ、そこで気づくだろうね。僕が岩田のカードで『芭蕉句集』を借りたことに。怒ると思わない？」

細川の質問に、雅人は疲れたように応じる。

「……ああ、そりゃあ怒るよ。ひょっとしたら、怒るだけじゃ済まなかったかもしれないよ？」

「いいんだよ。もし殴られたらそれはそれで。そのときは……『岩田くんが僕に盗作がばれそうになって暴力を振るいました』って先生に言いつけるつもりだったから。盗作した俳句を応募して、しかもそれがばれそうになって暴力を振るったなんてことになったら、どうなるんだろうね。……もう学校に来られないかもしれないね」

頬を紅潮させ話す細川だが、その一方で時折、苦しそうにため息をつく。

雅人は何も言えず、目を閉じて考えた。

（どうして気づけなかったんだろう……）

おそらくここまで思い詰めるまでに、細川は何度も何度も嫌な思いをしたに違いない。しかもそれは、雅人のいた教室内で行われていて、時には目にしたり、耳に入ったりしていたことなのだ。

「……でもね……」

細川の呟くような声に、目を開けるとハッとした。急に細川の顔からは怒りの色が抜け落ちていたのだ。さっきまで冷たい刃物のようにギラついていた目も、光を失い弱々しげに教室の床を見つめている。

「……でも、まさか優秀賞に選ばれるなんて思わなかったんだよ。ノートに『盗作』って書いてみたら、犯罪者になった気がして……だんだん怖くなってきちゃって……。だからあの日、岩田くんに言おうと思ったんだよ。……だけど、僕が作った俳句だと思い込んでるから、岩田くんは今さら返してくれと言われると勘違いしたみたいで、『あれは俺の俳句だ』って……」

本人は呼び方が「岩田くん」に戻っていることにも気づいていないようで、親指の爪を噛み「選考委員は何をやってるんだよ。受賞作品が盗作だなんてばれたら、すっごい大きな問題になっちゃうじゃないか！」と吐き捨てるように言った。

「細川くん……」

「だって新聞とかにも載っちゃったから、たくさんの人の目に触れたんだよ。誰かが気づいてあの俳句が盗作だってばれたら、警察の捜査とかが始まっちゃうかもしれないじゃないか。そうしたら図書館で『芭蕉句集』を借りたのは僕だってばれるんじゃないかな。本を返す前にも角を折ったときも指紋は消した……と思うけど、でも、図書館の人が僕の顔を覚えているかもしれない。防犯カメラに僕が借りているのが映っているかもしれない。もう、あの図書館に行けないよ。ねえ浅見くん、どうして分かったの。このこと誰かに言った？　ねえ、僕どうしたらいいんだろう……」

涙を浮かべる細川は、この世の終わりだと言わんばかりに、縋るような目で雅人を見た。

それはいつもの内気でおとなしい友人の顔だった。

「細川くん……ごめんね」

「えっ？」

「今まで、細川くんが苦しんでいたことに、気づかなくて……」

「……浅見くん」

「どうしたらいいか、僕も一緒に考えるよ」

雅人の言葉に、細川はついに声をあげて泣き出した。

＊

「――ねえ、須美ちゃん、どうしたらいいと思う」

「………」

須美子は包丁を持つ手を止めた。

「あのあと二人で考えたんだけど、うまく解決できる方法が見つからなくてさ。かっこつけて言ったくせに、僕、何もできないんだ……」

雅人は細川がなるべく傷つかずに済む穏便な解決方法を模索しているのだろう。不安定な精神状態の細川を慮《おもんぱか》って、このまま事を表沙汰にしたくない気持ちは理解できる。だがそれでは、根本的な解決にはならないし、その方向にいくら考えを進めても出口にはたどり着けない。

（それに――）

須美子は気づいていた。

「雅人坊っちゃまは、お優しいのですね」

「え？」

雅人は驚いた表情で須美子を見つめる。

「本当は、どうすべきなのか、分かっていらっしゃるんでしょう？」

須美子は雅人の心を覗き込むように視線を向けた。

雅人は「僕は……」と言いかけて一度口を閉じる。そして、苦しそうな表情でしばし悩んでから「僕は、全部、ちゃんと、話すべきだと思う」と、途切れ途切れに思いを吐き出した。

「わたしもそう思います」

「……でも」

「そうですね、そうすることで雅人坊っちゃまが心配しているとおり、大きな問題になりますし、細川くんはつらい思いをするでしょう。それでも、細川くんがこの先の長い人生、胸を張って生きていくためには、必要なことなのではないでしょうか。それと、気の弱い細川くんが岩田くんに『いやだ』と言えるようになるチャンスかもしれません。それに……」

須美子は、確信を持てずにいることを伝えるべきかどうかためらったが、最終的に雅人の背中を押すことにつながればと、思いきって話し始めた。「わたし、一つ気になることがあるんです。細川くんは——」

5

翌日、玄関で靴を履いている雅人を、須美子は見送りに出た。

「須美ちゃん、僕、やってみるね」

ここから先、須美子にできることはもうない。だからせめて、精一杯のエールを込めて送り出すのだ。

「行ってらっしゃいませ、雅人坊っちゃま！」

「行ってきます」

重い扉を開け冬の空の下へ飛び出していく雅人の顔が、昨日より少し大人びて見えた。

「岩田、ちょっといいかな」

昼休み、給食が終わると、雅人は細川と一緒に、岩田を人影の少ない校庭の隅に呼び出した。細川は最初、「岩田くんに話すなんて僕、怖いよ……」と尻込みをしたが、雅人が「僕が必ずなんとかするから」と力強く告げると、しぶしぶついてきた。

前を歩く岩田のがっしりした背中を見つめながら、雅人は昨晩、最後に聞いた須美子の仮説を思い返す。それは雅人にとっては驚くべき内容だった。だが、自室に戻って今まで過ごしてきた学校生活を振り返ってみると、それはたしかに自分の知っている友人の姿に重なるものであった。

「で、なんだよ、こんなところで」

光の当たらない場所に入ると、立ち止まった岩田が振り返る。

「俳句のことなんだけど……」

雅人が口火を切ると岩田は一瞬、眉毛をピクッと動かし、推し量るような視線で雅人を睨んだ。その視線にたじろぎもせず、雅人は真っ直ぐに岩田を見返す。

数秒の静けさを、「パスしろ！」と校庭でサッカーに興じる男子生徒の声が破った。岩田は声のしたほうに視線を向けながら、「……松尾芭蕉だろ」とぶっきらぼうに答えた。

「……やっぱり知ってたんだね？」

雅人が訊ねる横で、細川は呆然と目を見開いていた。

「……ああ」

岩田がふてくされたような顔でうなずく。

「いつから知ってたの？」

雅人は努めて冷静に質問を重ねた。

「先週の木曜」

雅人が教室で二人の会話を聞いた前日だ。

「――なんで分かったの？」

細川への説明と、須美子の推理が当たっているかの確認も兼ねて、雅人は訊ねた。

「滝野川図書館で見た俳句の本に載ってた」

「このあいだ、『本なんか借りたこともない――』って言ってなかったっけ？」

「ああ、一度も借りたことはねえよ。その場で立ち読みしただけだからな」

「よく、気がついたね」

「ああ、分かりやすく折ってあったからな」

(須美ちゃんの言っていたとおりだ)

雅人は昨日の須美子の推理を思い出していた。

『――細川くんは、貸し出しの記録を残すために「芭蕉句集」を借りて返却したあと、再度、図書館に行ってその本を手に取り、該当ページを折ったのでしょう。最初は本を借りたときにページを折って返却したかと思っていたのですが、「本を返す前にも角を折ったときも指紋を消した」と言っていたのですよね。ですが、わたしが「芭蕉句集」を手にしたとき、本の折り目はきちんと戻されていました。返却のタイミングでなら、係の人が気づいて直したかもしれませんが、折り目は手に取ってよく見なければ気がつかないはずです。もちろん偶然、何も知らない第三者が手に取り、折り目に気づいて直してくれたとも考えられますが、たくさんの人が手に取るようなベストセラーとは違いますから、その可能性は低い。それより、あの句に関係がある人物が、折り目を戻したと考えた方が自然だと思います。細川くんが自分でやったのでなければ、他に思いつく人物は、岩田くんだけです。ただ、その場合、岩田くんが芭蕉の句かもしれないと、どうして気づけたのかという疑問は残るのですが……。それに、もしわたしの推測が当たっている場合、岩田くんは

――』

「でも、なんで芭蕉の句かもって思ったの？」

須美子も分からなかった疑問を雅人は岩田本人に確認する。雅人に詰め寄られ、岩田は

「ああ、もう、うっせえなあ」と言ってから、億劫そうに話し始めた。

「大学に行ってる兄貴が俺の入選作を見てさ、『本当にお前が作った句か？　どっかの有名な句でも真似して作ったんじゃねえだろうな』ってからかってきてよ。そのときは『そ

んなわけないだろ』って言い返したけど妙に気になっちまって、近所の滝野川図書館に行ってみたんだよ。そんで俳句っつったら松尾芭蕉が真っ先に思いついたからよ、目についた『芭蕉句集』って本を試しに手にしてみたら、いきなり載ってるのを見つけちまった」

さすがの須美子でも、これは推理できないなと雅人は納得した。

「……なんで？」

そのとき、細川が消え入りそうな声で口を挟んだ。

「じゃあ、なんであのとき、『盗作だろ』って僕に言わなかったんだよ……」

「なんでって……おまえ……」

「……もしかしたら」

雅人は昨日、須美子が最後に口にした言葉をぶつけてみることにした。「岩田は自分が盗作の責任を負うつもりだったんじゃないの？」

「え？」

細川は驚いて岩田を見つめるが、対照的に岩田のほうは「ちっ」と舌打ちをして、煩わしそうに二人の視線から顔を背けた。

「ど、どういうこと？」

細川は、雅人と岩田を交互に見て訊ねる。

「岩田はさ、『芭蕉句集』が折ってあるのを見たとき、誰か盗作に気づいている人がいると思ったんだよ。だから、もしバレても細川くんに嫌疑がかからないように『あれはもう俺の俳句なんだからな。お前のじゃない』って念押ししたんだ」

最後は雅人自身が納得するように断言した。

「……！　そ、そんな、どうして、僕を庇うようなことをするんだよ。あの本は僕が仕掛けたんだよ！」

「……そっか」

岩田はもしかしてとは考えていたのだろう。無表情でうなずいた。

「僕が罪をなすりつけようとしてやったんだ！　君の図書館のカードを拾った僕が利用したんだよ！」

「ふう……やっぱり、お前だったのか」

大きく息を吐き出し岩田はどこか悲しそうな目を細川に向けたが、すぐにその視線を外した。

「なんなんだよ、なんで、怒んないんだよ！　ほらっ！」と、細川はズボンのポケットから問題のカードを取り出して岩田の厚い胸板に突きつけた。

それを見て、岩田は分かり易く両手の拳を握りしめた。

雅人は咄嗟に、細川を庇って二人の間に割って入った。

「くそっ！」

岩田は自分の太ももを殴って、痛そうに顔を歪めてから、苦々しく呟いた。「図書館でページが折れてる本を見つけたとき、もしかしたらとは思ったよ。でも、細川がそこまでするはずはないって、どこかで考えてたんだけど……はぁ、そこまで恨まれてたとはなぁ……」

雅人も細川も黙って岩田の顔を見つめる。

すると、岩田は急に「……俺さあ、兄貴だけじゃなく、姉ちゃんもいるんだよ」と、ニヤッと笑った。

「えっ?」「えっ?」

雅人と細川は期せずして同時に声を発し、顔を見合わせる。

「……兄貴も八つ上だし、姉ちゃんなんか俺と一回り以上も離れててさ、小さい頃からいつも『ちょうだい』って言えば、おもちゃとかおやつとか、なんでももらえたんだ」

突然始まった告白に、雅人も細川も話の趣旨が分からずポカンとした表情で大柄な話し手の顔を見上げた。雅人に至っては、ゴリラのような体格の岩田を甘やかす兄と姉って、どんな動物を想像すればいいのかと余計なことも考えていた。

「俺、バカだからさ、この年になっても、すぐ『俺にもくれ』って言っちゃう癖が抜けなくて、それでいつも細川にももらってばかりいたろ?　でさ、このあいだ家でそんな話を姉ちゃんにしたら、もうメチャクチャ怒られてさ。『あんた、その細川くんって子に絶対恨まれてるよ』って」

「……」


「ホント、悪かったよ細川」と岩田は悄然として、大きな体を二つに折った。

細川が呆気にとられて黙っていると、なおも続けて「お前がいつも嫌な気持ちでいるって思わなくて、俺、調子に乗っちまってた。ごめん！」と頭を下げたまま言った。

分厚いレンガのような岩田の背中が、今は叩けば脆く崩れてしまいそうなウエハースのように見える。

雅人は固まったままの細川の薄い肩を、軽くポンと叩く。

ハッとした細川が、「ごめん、ごめんよ岩田くん！」と言って、突然ぽろぽろと涙をこぼした。

地面に落ちた水滴に気づいた岩田は、慌てて顔を上げ、「おい、よせよ。俺の方が悪かったんだからさ……」と、頭を掻きながら雅人に助けを求める視線を送って寄越した。

それから三人は、昼休みが終わるギリギリまで今後のことを話し合い、それは放課後にまでもつれ込んだそうだ。

帰宅した雅人は、嬉しそうにそのときのことを須美子に報告した。

岩田は、元をただせば自分が悪いのだから、今回の責めは自分一人が負うと言って引かなかったし、細川は細川で、あの俳句を作ったのは自分だし岩田を陥れようとした罪は重いと譲らなかった。

だが、最終的には二人で一緒に担任教師に懺悔《ざんげ》しに行くと決まり、雅人はそこでお役御免となったのだそうだ。

「二人とも、きっとたくさん叱られただろうね」

嬉しそうに言う雅人の顔を、須美子はまぶしく見つめた。

6

「行って参ります」

お気に入りのベージュのジャケットを羽織り、浅見家の勝手口を出て、須美子は雪江に頼まれた団子を買いに平塚亭へと向かった。

あれから一週間が経った。雅人との約束どおり、須美子は例の話を誰にもひと言も漏らさなかった。

そして、細川と岩田がどうなったのかも、須美子は知らないままになっていた。雅人が「あとは二人の問題だからね」と言っていたので、余計なことは聞かないようにしているのだ。

そのことで、雅人の須美子への信頼は、よりいっそう厚くなったようだった。

(ジャケットだけじゃ寒かったかしら)

胸元に入り込む風に襟を寄せて、東京ゲーテ記念館の前の信号で須美子は立ち止まった。この通りは記念館にちなんでゲーテの小径と呼ばれ、道路を渡った向かいには整備されたゲーテパークがある。

パークと言っても、浅見家の庭よりも狭い――いや、光彦の愛車の駐車スペースほどの大きさしかないささやかな広場だが、冬でも緑が繁る植え込みと、ゲーテ記念館にちなんだゲーテの詩が刻まれたレリーフがあり、ベンチが据えられている。

その奥まったベンチの端に、二人の少年が何やら談笑しているのが目に入った。学校帰りだろうか、この寒空の下だというのに学生服で、体の大きい方は一段高い植え込みの縁に腰掛け、色白で小柄な少年と、ベンチの上に何かを広げて並べている。

(雅人坊っちゃまと同じくらいの年頃ね。子どもは風の子っていうけれど、あんなところで寒くないのかしら……)

微笑ましく思いながら青になった信号を渡り、広場の前を通り過ぎようとすると、気になるフレーズが須美子の耳に飛び込んだ。

「お、李久、そのカード、ゲットしたのかよ!　俺にもくれよ」

(あっ！……)

須美子は驚いて立ち止まった。日頃鍛えた自制心で、どうにか怪しまれないような自然体を保てたが、前を向いたまま全神経を集中して、二人の会話に耳を傾ける。

「いいよ、二枚あるから一枚あげる」

李久と呼ばれた少年は、抑揚の少ない声でそう言った。

須美子がたまらず振り返ろうとしたとき、「サンキュー、じゃあ俺のこのカードをやるよ」という最前の少年の声が聞こえた。

「えっ、いいの？　これ雷斗くんが気に入ってたカードでしょう」

「いいんだよ、俺も二枚目をゲットしたからな」

「ありがとう！」

一月の冷たい風が運んできた少年たちの声に、須美子はなんだかほくほくと嬉しくなって、スカートから伸びた右足を大きく一歩、前へ踏み出した。

第二話　智《ち》は愛されし

1

月曜の朝、市ケ谷《いちがや》の駅を出て書店の前の横断歩道を渡りはじめたときだった。

「智美！」

聞き馴れた声に振り返ると、今しがた通り過ぎてきた二つ並んだ赤いポストの手前で、クラスメイトの堀江架純《ほりえかすみ》が大きく手を振っていた。

隣には見知らぬ男性が立っている。大学生くらいだろうか。茶色のダッフルコートを着たその男性は、小さく会釈を送って寄越した。顎にホクロのある細面の、いわゆるイケメンの部類に属する顔立ちだが浅見智美に見覚えはない。

（架純のお兄さんかな？　確か名前は大輔《だいすけ》さんだったかしら……）

以前、架純に六つ違いの兄がいると聞いたのを思い出した智美は、曖昧な笑みを浮かべて儀礼的に会釈を返した。

信号のない横断歩道は、学校や会社へ急ぐ人たちが絶え間なく行き交っている。中には、突然立ち止まった智美を、あからさまに白眼視して通り過ぎる者もいて、智美は身を縮め、邪魔にならない場所に移動した。

振り返ると、架純はスクールバッグに何やら手を入れながら男性にコクンとうなずいて、それから横断歩道の白線を飛び越えるように走ってくる。男性の方はもう一度智美に頭を下げてから、回れ右をして去って行く。

「お、は、よ、智美」

隣にぴょんと並んだ架純の髪が、後ろで揺れた。

「おはよう、架純。あれ、ポニーテールなんて珍しいね」

「ちょっと寝坊しちゃって。寝癖が直らないから、結んでごまかしてきた」

小さく舌を出して向日葵のように笑う架純に、智美もつられて顔がほころぶ。

チラッと後ろを見ると、既に最前の男性の姿は見えなくなっていた。「お兄さん？」と聞きそびれたまま、先に歩き始めた架純を追って、智美も再び学校への道を辿り始めた。

「あれ、いまどこかでカレーの匂いがしなかった？」

架純がキョロキョロしながらコートの袖を引く。

「いますれ違った人が食べてたパンじゃないかな」

「ああ、カレーパンか。お兄ちゃんの大好物なんだよなあ、わたしも好きだけど」

「うちの近所の商店街で売ってるカレーパン、美味しいよ」

「ほんと？　よし、今度お兄ちゃんにも教えてあげよう。あ、そうだ智美、あとで数学の宿題、写させて」

隣で両手を合わせて拝むような仕種を見せる架純に、「どうしよっかなぁ」と智美はわざと大げさにもったいぶって見せた。

「昨日、遅くまでテレビを見ていたら、コタツでそのまま寝ちゃったの。それでね、気がついたら朝で、しかも寝坊したし……。もうね、面白い番組が続いちゃったのがいけないんだよ。あとコタツのせい！　だから、お願い！」

「ふふ、何その理由。分かった、あとでね」

「やった！　智美、大好き！」

架純は智美の腕に絡みつき、猫のように頰ずりをした。

「ちょっと、歩きづらいよ。ねえ架純、さっきの男の人……」と言いかけた智美を、後ろから「おはよー」と言う日直のクラスメイトの声が追い抜いていった。

架純は人の流れを気にするように、「そのことで、ちょっと話したいことがあるから、あとでね」と早口で言って、それきりまた昨日見たテレビの話題に戻った。

智美の通う市ケ谷のJ学院までは、自宅のある北区西ケ原から、東京メトロの南北線で一本だ。

午前七時には迎えの車で出掛ける父親の陽一郎と入れ替わるようにダイニングテーブルにつくと、弟の雅人も眠そうに階段を下りて来る。いつもどおり、母の和子、祖母の雪江とともに朝食を済ませ、優等生の智美は今日もきっちり七時半に家を出て来た。

市ケ谷で電車を降りてから学校までの坂道では、同じクラスの架純と一緒になることが多い。クラスメイトの中でも特に親しく、智美にとって一番心を許せる友人である。

Ｊ学院は中高一貫のミッションスクールで、架純とは中学二年のとき同じクラスになって以来の付き合いだ。

智美の成績は学年で常にトップクラス。一方、架純は中の下くらいなのだが、スポーツ万能でスラリとした体型の架純は、おっとりしたお嬢様の多い学院の中ではカリスマ的な人気があった。また優等生の智美と仲が良いことで、教員からも一目置かれ、二人の周りにはいつも、自然と人の輪ができていた。

昇降口で靴を履き替え、二人は並んで教室へ向かう。途中、教師とすれ違うたびに立ち止まって、「おはようございます」と頭を下げる。これはこの学校の伝統で、すべての生徒も教職員も、礼儀と挨拶を重んじる。良家の子女が多く通うこの学校に入学したばかりのころは、小学校時代とのギャップに少し驚きはしたものの、智美はすぐに馴染んだ。

「智美のお辞儀って、なんか優雅だよね」

「え？　そんなことないよ。みんな同じでしょ？」

「いやいや、それは違いますよ智美お嬢様」

からかうような口調で、クラスメイトの薗田奈緒《そのだなお》が後ろから割って入ってきた。「智美のお辞儀は『ザ・お嬢様』って感じがするよ。あと箸の上げ下ろしとかもね」

「そうそう！」我が意を得たりとばかりに、架純が深くうなずく。

それは浅見家に厳然と君臨する祖母の躾《しつけ》の賜《たまもの》ではあったが、智美自身にはその自覚がまるでなかった。

奈緒を加えた三人で廊下の端を歩きながら、架純は智美がどれほど抜きん出ているかを熱心に語った。高校一年生の教室は、本校舎の長い廊下を端まで行き、渡り廊下を経由した別棟の一階にある。

教室に着くと、すでに半分くらいの生徒がいて、そこかしこで歓声が上がっている。街路樹に集まったムクドリを思わせる賑やかさだ。三人揃ってピーコートをロッカーに片付けたあと、各々自分の席へ向かう。架純は智美の前の席だ。

中身を移したスクールバッグを机に掛けながら、架純は「始まる前にちょっといい？」と、智美を振り返った。そして寒風の吹くベランダへ智美の手を引っ張るようにして連れて行き、「ふぅっ」と一つ息を吐いた。

「どうしたの？　内緒話？」

「あのさ、さっき駅前で智美も見たでしょ？」

「うん、架純のお兄さん？」

「え、違う違う！　うちのお兄ちゃんはヒグマみたいな体格だし、顔もあんなにかっこ好くないから」

架純はものすごい勢いで手を振り、否定した。

「そうなの？」

架純の細く引き締まった四肢や整った容姿からは、その兄がヒグマみたいだと言われても、おいそれと想像はできない。

「学校の誰かに見られないほうがいいかなと思ってさっきは話せなかったんだけど、智美に渡してくれってさ……」

架純は両手で水色の封筒を差し出した。

「何これ？」

逡巡しながら封筒を受け取ると、表には「智美様」、裏には「関　晴臣」とある。力強くはあるが、線の細い文字で書かれていて、几帳面に「せき　はるおみ」と漢字の名前の上に、小さく振り仮名までつけてある。

「知らない人からの手紙なんて、わたし……」

智美が困って親友の手に封筒を返そうとしたとき、始業のチャイムが鳴った。

「あ、数学のプリント、写させてもらわなきゃ！」

架純が慌てて教室内に戻るのを追いかけて、智美も手紙を胸に抱くように隠しながら教室へ駆け込んだ。

「ギリギリ間に合った！　ありがとう智美」

一時限目が終わると、架純が振り返って両手を高々と挙げた。

数学の教師が教室へ入ってくる直前、智美は架純に宿題のプリントを貸したのだが、五分ほどで前の席からそっと後ろ手に戻されてきた。その直後、教師が思い出したように宿題を回収し始めたのだ。

架純は両手を下ろす途中、「感謝してます！」と、今日二度目のポーズをしてみせたが、智美はまったくの上の空であった。

放課後まで智美は心ここにあらざる状態で過ごすと、早々に帰り支度をして、架純と並んで帰路についた。

「で？」

学校を出ると、なるべく人通りが少ない道を選んで歩きながら、架純が短く訊いた。

「でって？」

「手紙よ。なんて書いてあったの？」

智美はピーコートの上からスカートのポケットにしまった手紙を押さえた。

「まだ見てないけど……。一緒に見る？」

「いいの？」

「うん、架純なら……っていうより、できれば一緒に見てもらいたい、かな……」

智美は見ず知らずの男性からの手紙に、今もって心の平穏を取り戻せずにいたので、親友が傍にいてくれるのは願ってもない申し出だった。

2

「さあさあ安いよ安いよ！　おっ、須美ちゃん、いらっしゃい！」

威勢の良い八百吉の店主のかけ声が、今日も商店街に響いている。吉田須美子は一日と置かずに顔を出す、この店の常連客の一人だ。すっかり馴染みになった店主相手に世間話をしながら、新鮮な野菜を品定めして今晩の献立を考えた。

（昨日買ったレンコンと、冷凍庫に鶏肉がまだ残ってるから……よし、今日は生姜と鶏肉のスープと、レンコンと小松菜のごま和え。それにさっき鳥丸さんで特売だった牛肉は大根と甘辛煮にしようっと）

「八百吉さん。小松菜と大根、それとそこの熊本県産の生姜をくださいな」

「はいよ、まいど！」

須美子が肩に掛けていたトートバッグを広げると、店主がとりわけ大きい物を選んで入れてくれる。

支払いを済ませ、「またお願いね！」という声に送られて店を出ると、見慣れた制服が目の前を横切った。どことなく元気がない表情に一瞬別人かと思ったが、翳《かげ》りがあっても白く整った顔立ちは、まぎれもなく浅見家の子女の横顔だ。

「智美お嬢様！」

須美子のよく通る声に、近くにいた何人かが目を向ける。智美はその注目を避けるように下を向いたまま振り返ると、紺のスカートから伸びた白く細い足をせかせかと動かして須美子に近寄り、手首を摑んだ。

「……もう、須美ちゃん。外ではそう呼ばないでってお願いしたでしょ」

智美は顔を真っ赤にして須美子を引っ張って歩き出す。

「すみません、つい……」

制服姿の智美に手を引かれるまま、浅見家の方向へ歩いていく。しばらく行くと智美は歩を緩め、「あ、須美ちゃん、お買い物、途中だった？」と、落ち着きを取り戻したように手を離した。

「はい。ですが、あとはそこの花春さんで、大奥様の花材を買うだけですので」

須美子は目と鼻の先の生花店を指さし、「ご一緒にいらっしゃいませんか？」と智美を誘った。日頃から智美は、祖母が須美子に生け花を教えているのを見て、花の種類を聞いたり、興味のあるそぶりを見せている。案の定、須美子の誘いに「うん」と言って素直についてきた。

「こんにちは」

「須美ちゃんいらっしゃい。あら？　そちら、もしかして浅見様のお嬢様かしら？　まあまあ、いらっしゃいませ！」

花春の店主、小松原育代は、須美子のあとから入った智美を歓待した。

「こんにちは。浅見智美です」

お嬢様と言われて一瞬、須美子にもの言いたげな視線を向けた智美だったが、すぐに行儀よくお辞儀をする。

「どうぞ、狭いところですけど。お嬢様、よろしければこちらへ」

育代は、店の奥にある椅子を引いて智美に勧めた。

「あ、そんな。すぐに失礼しますので。……それと、『智美』と呼んでください」

「分かりました。じゃあ智美さん。お紅茶を一杯だけいかがかしら？」

そう誘ったあと、「お紅茶といっても、安物のティーバッグなんだけど」と、育代は両肩を上げて恥ずかしそうに付け加えた。

「智美……お嬢様、ちょっとだけご一緒していただけませんか」

須美子は、育代と智美の二人の気の遣い合いを仲裁するように言った。

さすがに須美子の立場では、いくら本人に頼まれたからとはいえ、「智美さん」と呼ぶわけにいかない。智美のほうも、須美子の立場を心得ていて、そこは黙認する構えだ。

「……じゃあ、少しだけお邪魔します」

智美は「ありがとうございます」と頭を下げて育代が引いた椅子に腰掛け、須美子も「失礼します」と断って、いつもの椅子に腰を下ろした。

育代とは歳は離れているが気の置けない友人であり、時折ここでお茶をご馳走になっているのだと須美子が話すと、智美は「へえ、そうなの」と言いながら、花の香りが充満する店内を物珍しそうに見回した。

智美と須美子のためにティーバッグの紅茶を淹れると、育代はあらためて「小松原育代、ギリギリ五十代です」とお茶目に自己紹介をした。

初対面の育代の冗談に、智美は一瞬、きょとんとした顔をしたあと声を立てて笑った。

「小松原さんっておも……楽しい方ですね」

「ふふ、面白い方でも嬉しいわ。そうそう、須美ちゃんにはいつも色々とお世話になっているんですよ」

育代は須美子が注文した花を集めながら、智美と須美子に均等に笑いかけた。

「いえ、育代さんにはこちらこそいつもお世話になっています」

須美子は笑顔で頭を下げた。

しばらくは育代の本気とも冗談ともつかない話に白い歯を見せて聞き入っていた智美だ

ったが、ふと近くにある水色のヒヤシンスに目を向けた途端、急に顔色が悪くなった。

八百吉の前で見かけたときの暗い表情を、育代なら元気にできるかも――と考えて連れてきたが、意外と問題は根深いのかもしれない。こうなったら直球勝負だ、と須美子は意を決して智美に向き直った。

「智美お嬢様、どうかなさったのですか？」

「えっ……別に、なんでもないわよ」

「あ、そういえば、今日は駒込駅から歩いていらしたんですか？」

「うん、ちょっと一人で考え事をしたくて……」

智美が使っている南北線の最寄り駅は西ケ原だが、聞けば、たまにこうして一つ手前の駒込で降りて、商店街を抜けて帰るのだという。あえて賑やかな商店街を歩くのは、そのほうが考え事に集中できるからなのだそうだ。

「ねえねえ須美ちゃん、恋の悩みなんじゃない？　智美さんが見ていたヒヤシンスの花言葉は、たしか『変わらぬ愛』よ」

育代が口の横に手を添え、本人は囁き声のつもりなのだろうが一般的には普通に近い音量で須美子に顔を近づけて言った。案の定、智美にも聞こえているようだが、驚いたことにその智美が俯いて黙ってしまった。

（え……本当に？）

須美子は内心動揺した。浅見家で、智美のそのような話はまだ一度も聞いたことがない。

しかし、考えてみれば智美も、はや十六歳。花も恥じらうお年頃だ。中学から一貫教育の女子校で、やや純粋培養ぎみとはいえ、行き帰りの電車や通学路で同じ年頃の男性と接点がないわけではないだろう。しかも智美ほどの容姿なら、本人にその気がなくても、周りが放っておかないに違いない。

（わたしは共学だったけど、浮いた話なんて何もなかったな。まあ、我ながら、がさつで色気の欠片もなかったし——）

自分の高校時代に思いを馳せたが、すぐに育代の言葉が須美子の意識を現実に引き戻した。

「智美さん、恋の悩みは須美ちゃんに相談するのが一番よ。須美ちゃんはね、名探偵で、わたしの恋の問題もあっという間に解決してくれたんだから。あら、自分で恋の問題っていうのって、なんだか恥ずかしいわね」

集めた花で赤い顔を隠す育代に、須美子は「しーっ」と人差し指を立てたが遅かった。

「そうなの、須美ちゃん？」智美は意外そうに須美子の顔を見た。

「いえ、育代さんの問題が解決できたのはたまたまですよ、偶然です。わたしは探偵なんて金輪際しておりませんので、智美お嬢様、大奥様にはおっしゃらないでくださいね」

「あらぁ、たまたまなんかじゃないわよ。須美ちゃんはれっきとした名探偵よ」

二人に背を向けて作業を続けていた育代は慌てる須美子に気づかず、鼻歌でも歌うように言った。そんな育代の後ろ姿を目で追っていた智美が、紅茶を一口飲んでから、意を決したように口を開いた。

「須美ちゃん、あのね……」

「は、はい」

「わたし、ラブレターをもらっちゃったの」

智美は少し頬を赤らめて、でもこの世の終わりのような深刻な眸《ひとみ》をして言った。

「まあ、それは――」

探偵活動に繋がる相談ではなかったことに安堵した須美子は、おめでとうございますと言いかけたが、智美の雰囲気を瞬時に察知し、「お困り……なんですね」と続けた。

「そうなの！　ああ、よかった。須美ちゃんなら分かってくれるわよね？　友だちは『イケメンだったじゃん』とか『智美はモテるね』なんて冷やかすばかりで、わたしの気持ちなんて分かってくれないの。あ、もちろん、全然嬉しくないっていうわけじゃないけど。でも、知らない人にそんな手紙をもらっても、正直ちょっと困るっていうか、怖いっていうか……その人には悪いと思うんだけど」

パッと花が咲いたような表情で勢い込んで喋り始めたが、最後は萎れたように俯いた。

「そうですね。中にはストーカーだとか変質的な人もいますから、用心に越したことはありません」

「うん！　ありがとう須美ちゃん」

智美は理解者を得たとばかりに、須美子の手をとった。

普段、家の中では優等生なお姉さんの面ばかりが表に立つが、きっと家では言えない彼女なりの悩みもあるに違いない。智美の手は冷たくて、それは須美子に彼女のストレスの大きさを感じさせた。

（今夜はごま和えにビタミンEの豊富なアーモンドとピーナッツも入れて、血流促進メニューにしよう）

須美子は智美の細い指を手で包みながら、頭の中で今夜の献立を考え直した。

「そうだ須美ちゃん、手紙、読んでみてくれない？」

智美はスクールバッグからおずおずと、ヒヤシンスブルーの封筒を取り出した。

「わたしが拝見してもよろしいのですか？」

「ええ、須美ちゃんに読んでもらって、どうしたらいいか一緒に考えてほしいの」

智美は真剣な眼差しで懇願した。

「分かりました」

智美の深刻な表情に（責任重大ね――）と思いながら、須美子は封筒を受け取った。

表は「智美様」、裏には「関　晴臣」と書かれた封筒の中には、同じ水色の薄い便せんが一枚だけ入っていた。

『智美様　誰かを好きになる喜びを知ったとき、届かぬ想いの苦しみを知りました。自分の気持ちを騙して生きるべきでしょうか。すべて忘れて新たな道へ進むべきでしょうか。叶わぬ恋。あなたが好きです。　関　晴臣』

儚げな便せんとうらはらに、文字は堂々としていて筆圧も強い。水性のボールペンだろうか、ブルーブラックのインクが大人っぽさを感じさせる。気のせいか手紙の文面と比べると、封筒に書かれた文字は多少ぎこちない気もした。また、筆跡は左下に払う部分が長くはねるような少し癖のある文字だった。

須美子はゆっくりと二度、手紙を読んだ。

「智美お嬢様は、まったくご存じない方なのですか？」

「うん、全然見覚えのない人だったわ。ちょっと離れたところから会釈されただけだけど、細面で優しそうな人で……そうそう、顎に特徴的なホクロがあったから、会ったことがあれば覚えていると思う」

須美子が手紙を読んでいる間に紅茶を飲み干した智美は、カップをテーブルに置いて答えた。

「……細面で優しそう、ですか。ちょっと離れたところからということは、このお手紙は直接、智美お嬢様が受け取ったわけではないのですね？」

「うん。架純が……あ、クラスメイトなんだけど、市ケ谷の駅前で――」

花の準備が整った育代は、聞いてよいものかという顔で少し離れた場所をうろうろしている。そのことに気づいた智美が「あ、すみません。小松原さんもご迷惑でなければ、ご一緒に聞いていただけませんか」と促すと、育代は花を抱えたまま興味津々の体でテーブルについた。

朝からの出来事を思い出せる限り詳細に、それこそ親友の寝癖の話に至るまで、一気に話し終えた智美は、疲れ切ったように深いため息をついた。

育代は須美子のカップにはまだ紅茶が入っているのを確認すると、智美の二杯目と自分の分を用意しはじめた。

「大学生くらいの方ですか――。どこで智美お嬢様のお名前を知ったんでしょうね」

須美子がポツリと洩らした言葉に、「さすが須美ちゃん！」と、いつもは育代がよく言うセリフが智美の口から飛び出した。

「わたしもそれが気になって、架純に聞いてみたの。架純も封筒を渡されたとき気になって訊ねたらしいんだけど、架純がわたしのことをそう呼んでいるのを聞いて知ったんですって。それと架純に頼んだのは、わたしに直接渡すのが恥ずかしいからだって言ってたみたい」

「以前からお二人のことを知っていらしたんですね」

「そうみたい。架純が言うには、何度か架純とわたしが一緒にいるのを見たことがあったんですって。いつから見られてたんだろう……」

　また不安げな表情を浮かべた智美の前に、湯気の立ちのぼるカップが置かれる。智美は育代に「ありがとうございます」と微笑んで、新しい紅茶に口をつけた。

　思案に沈む須美子を余所に、育代は嬉々として「どんな人だったの？　有名人だと誰に似てるのかしら？」と智美を質問攻めにし、自分も高校生に戻ったようなはしゃぎぶりだ。今日が初対面だという浅見家のお嬢様に、ずいぶんとくだけた口調だが、それは期せずして、憂鬱の淵にいる智美の気持ちを和らげたようだった。

「智美お嬢様！」

　須美子がふと思いついて大きな声を出したので、智美は紅茶を吹き出しそうになって咽せ、「須美ちゃん……」と恨めしそうに睨んだ。

「あ、すみません。でも、先ほどのお話、やっぱり変ですよ」

「何が変だっていうの？」

　横から育代が口を挟む。

「だって、この手紙を書いた男性は、ご友人の架純様が智美お嬢様のことを呼ぶのを聞いて名前を知ったんですよね？　だとしたらどうして、『さとみ』というお嬢様のお名前が、この『智美』という漢字だと分かったのでしょうか」

小さい丸テーブルの上の封筒を指さした須美子に、「確かに！」「あら本当！」と二人が驚きの声を上げた。

「もし耳で聞いたのなら、『さとみ』というお名前は古里の里に美しいとか、聡明の聡のほうが先に思い浮かぶと思いますし、分からなければ平仮名や片仮名で書いたはずです。実際、ご自身の名前は振り仮名を振っていますので、『はるおみ』を『はれおみ』などと間違われることがあったのかもしれません。それならなおのこと、相手の名前にも気をつけるのではないでしょうか」

「確かにそうね……」

「それに、もう一つ」

うなずく智美に向かって、須美子は人差し指をたてた。「先ほど、今日は架純様がいつもと違ってポニーテールだったとおっしゃいましたよね？」

「ええ、寝坊したからだって言ってたけど……」

「片思いの相手の智美様ならいざ知らず、失礼な言い方になってしまいますが、好きな女性の隣にいるだけの人物——しかも今日に限って髪型の違った架純様を、よくはっきり認識できましたよね。手紙を直接渡せないほどの小心な方が、人違いを恐れず声をかけられたことが、わたしには少し不思議に思えるのです。まあ、手紙を預けるために、友人のこともしっかり覚えていたというだけなのかもしれませんが……」

「……」

智美はもともとぱっちりした目をまん丸にして須美子を見つめていた。育代のほうは、須美子の推理に続きがあることを期待するようなわくわくした表情で、次の言葉を待っている。

「――智美お嬢様、その男性、私は架純様のお知り合いなのではないかと思います」

須美子の言葉を待っていたはずの育代だが、その結論を聞き、智美と同じように目を丸くし、さらには口もぽかんと開けた。智美も「まさか」と言わんばかりに、いっそう目を見開いた。

驚く二人の視線から逃げるように、須美子は紅茶に手を伸ばす。

(これは探偵じゃないわよね。ただ、思いついたことを口にしただけだもの……)

自分への言い訳を心の中で唱えてから飲んだ紅茶は、須美子が熱く語っているうちに、ずいぶんと冷めてしまっていた。

3

翌朝、智美は市ケ谷駅前で見つけた後ろ姿に駆け寄り「おはよう」と声をかけた。振り返った架純が、挨拶を返そうと口を開くよりも早く、智美は「ねえ、昨日の人。架純の知り合いよね？」と鎌をかけてみた。

「えっ……ああ、バレちゃったか」

一瞬驚いた表情を見せた架純だったが、あっけないほど簡単に白状し、「えへへ」と笑った。

智美の方が拍子抜けしてしまい、「え、本当なの……」と言ってしまった。

「なんだ、知ってたわけじゃないの？」

「う、うん」

「よく分かったね」

「……名前と髪型がね」

「？」

智美は昨日、須美子から聞いたことを親友に説明した。

「ああ、そうか。すごいね智美」

「………」

　気づいたのは我が家のお手伝いの須美ちゃんなのだ——と智美が言い出せずにいると、架純は「実はハル姉《ねえ》はうちのお兄ちゃんの親友なんだ——」と重ねて打ち明けた。

「え、ちょっと待って！　『ハル姉』って、まさかあの人、女性だったの!?」

　智美の悲鳴のような問いかけに、架純は「あ、ごめんごめん」と両手でなだめ、一呼吸置いてから説明を始めた。

「ハル姉はれっきとした男性だよ。わたしが幼稚園に通ってた頃、小学生だったお兄ちゃんが同級生を家に連れてきたんだ。それがあの人だったんだけど、そのころはおかっぱ頭で、色白で、めちゃくちゃ可愛かったんだよ。スカートこそ穿いてなかったけど、声も中性的だったし、洋服の色もピンクやオレンジで、わたし、完全に勘違いしちゃって、お兄ちゃんが『ハル』って呼んでた彼のこと、『ハル姉』って呼び始めたの。ハル姉が男だって知ったのはわたしが小学五年生のときだったかなあ。久しぶりに会った高校生のハル姉が、短髪になっててお兄ちゃんと同じ制服を着てたもんだから、もう驚いたのなんのって」

　架純は思い出し笑いをしながら、「それでね」と続けた。

「わたしが、『ハル姉って男の子だったの!?』って聞いたら、お兄ちゃんもハル姉も大笑いして、『面白いから黙ってた』って言うんだもん。腹立つでしょ？　だからさ、『いまさらハル兄《にい》なんて呼んであげないからね』って言って、それからもずっと『ハル姉』で通してるの」

「そっか」と智美も笑って続きを待ったが、架純の告白はそこで満足したように途切れてしまった。

周囲は登校する生徒の靴音や挨拶を交わす声が溢れはじめ、校門がすぐそこに迫っている。教室に入ったら耳目に触れるから、この話は一旦お預けになってしまうだろう。

「——ねえ、それで、どうして関さんがわたしに手紙を?」

智美が堪りかねて沈黙を破ると、「え? ああ……ハル姉、好きな女の子がいないみたいだから智美はどうかなと思ってさ——」と少し歯切れの悪い答えが返ってきた。

また二人の間に沈黙が流れ、どうにも気まずい空気が漂ったまま校舎に入ると、今度は架純が口火を切った。

「ねえ、智美、ハル姉のことどう思う?」

「……」

架純のその問いは耳に届いてはいたが、智美は別の思考にとりつかれていた。

(架純……まだわたしに何か隠し事をしている?)

「智美?」

黙り込んでしまった智美を、靴を履き替えながら架純が心配そうに覗き込んだ。

「あ、ごめんね。ちょっと寝不足なの。ボーッとしちゃってた」

寝不足は本当だった。

須美子が指摘した「関晴臣という男性は架純の知り合いではないか」という問題を考えていて、普段の智美にはありえないほど夜更かししてしまった。ベッドに入ったのは、深夜に帰宅した父も、夜型人間の叔父も、家中がみんな寝静まったころだった。

（関さんが架純の知り合いで、架純は関さんにわたしを紹介しようとした……）

いま、聞いたばかりの真実も、智美にはどこかしっくりこない。

（そういえば、うちの学校って、男女交際禁止の校則はなかったかしら……）

真面目で優等生的な性格が思考の邪魔をする。

智美は朦朧《もうろう》とする頭でも、いつもどおりのお辞儀と挨拶を繰り返し、心配そうにする架純と一緒に教室のドアを開けた。

一時限目の国語の授業中、智美は教科書を広げ、ノートを取りつつも、「ハル姉」のことを楽しそうに話す架純の表情を、ぼんやりと思い出していた。

二時限目の英語の教師から「具合が悪いなら保健室へ行きなさい」と言われ、さすがに智美は心を入れ替えた。雑念にとらわれて、教師から注意を受けるほどボーッとしていては、成績を落としかねない。「すみません、大丈夫です」と居住まいを正し、そこから六時限目までは授業だけに全神経を集中した。

授業がすべて終わり帰り支度をしていると、「一緒に帰ろ」と架純が振り返った。

二人で並んで駅までの道を歩いていると、「ねえ智美、今朝は答えを聞けなかったけど、ハル姉のこと、どう思う？　けっこうかっこいいと思うんだけどな……」と架純が今朝の話を蒸し返した。さりげないふうを装ってはいたが、お弁当を食べているときも、折々の休み時間も、ずっと話したそうにしていたのを智美は感じていた。

「うん、かっこいいとは思うけど……」

「あ、もしかして智美、他に好きな人がいる？」

架純にそう聞かれて、「いないよ！」と、智美はちぎれんばかりに首を振った。

「そ、そんなに思い切り否定しなくても……もしかして、智美って男の人が苦手とか？」

「別にそういうことじゃないけど……。まだ恋愛とか真剣に考えたことないもの」

そのとき、前を歩いていた女子中学生の囁き交わす声が聞こえてきた。

「ねえねえ見て」

「うわ、キモっ」

智美と架純がつられるようにして二人の視線の先に目をやると、駅前の靖国通りを、手を繋いで歩く男子高校生たちがいた。それを見て、彼女たちは気持ち悪いと思ったようだ。

智美は喉元まで「そういう偏見、よくないと思う」という言葉が出かかったが、ついに口にするまでの勇気は出せず、去年まで自分も着ていた襟元にリボンのついた制服に身を包む二人の女子生徒を見送った。

「……女の子同士は普通に繋ぐのにね！」

不愉快そうにしていた智美を気遣ってか、架純がわざとおちゃらけた調子で智美の手を握った。

「……うん」

感情が顔に出てしまっていたことを反省し、心の中で架純に感謝して笑顔を向けた。

「さ、帰ろ！」

そう言って架純は、智美の手を引っ張るように先に一歩踏み出す。

その瞬間、架純が不意に呟いた言葉が、風に乗って運ばれてきた。

（えっ……）

耳に届いてしまった七文字の言葉は、木枯らしが心を通り過ぎたような淋しさを感じさせ、智美の目には、雑踏に佇む赤い郵便ポストさえも凍えて見えた。

4

「……ごちそうさまでした」

ダイニングで言葉少なに夕食を終えた元気のない智美を、須美子は「お粗末様でした」と決まり文句を返しながら、心配な気持ちで見送った。いつもなら食後は家族揃ってリビングに移り、テレビを見ることが多いのだが、智美は「宿題しなくちゃ」と廊下へ出る。

「え、いいの？　今日はいつもお姉ちゃんが見ている番組やるのに」

雅人は「じゃあ、僕が見たいのにしちゃおうっと。お母さんもお祖母ちゃんもいい？」と言って、いそいそとリビングへ向かった。

智美は他の家族がリビングへ行ったタイミングを見計らったかのように、素早くダイニングに戻ってくると、テーブルの上を片付けていた須美子に駆け寄り、「あとで部屋に来てほしいんだけど……」と囁いた。

須美子が小さく「はい」とうなずくと、ほっとしたような表情を浮かべ、今度こそ智美はダイニングをあとにした。

須美子は大急ぎで夕食の片付けを終え、自分の夕食を搔き込み、三十分後には智美の部屋を訪ねた。

階段を上がって左手のドアを控えめにノックすると、待っていたようにすぐに智美が顔を覗かせる。

「入って、須美ちゃん」

智美が小声で言って、須美子を自室へと招じ入れる。

二階の各自の部屋はそれぞれが掃除をすることになっているので、ここに須美子が入ることはめったにないが、いつ来ても優等生の智美らしく、細々した物まできちんと整頓されている。

須美子を勉強机の前の椅子に坐らせ、自分はベッドに腰掛けると、智美は外に漏れないよう声をひそめて「あのね」と前置きをした。須美子もぐっと身を乗り出して、話を聞く体勢を整える。

「やっぱり、須美ちゃんの言ったとおりだったの」

「例のお手紙の件ですね？」

「うん。朝一番で架純に聞いたら、あっさり『バレちゃったか』って。架純のお兄さんのお友だちで、架純は『ハル姉』って呼んで――」

「えっ！　女性だったのですか？」

かろうじて声はひそめたが、驚いた須美子は思わず話の腰を折った。

「ううん、わたしもびっくりしたんだけど、架純の子供の頃の勘違いで、ずっと女性だと思って『ハル姉』って呼んでたらしいの。大きくなって男性だって気づいたけど、お兄さんたちにからかわれて悔しかったから、もう呼び方は直さないことにしたんだって。だから、あの人は男性よ、間違いなく。……それでね、架純に聞いてもなんだかはぐらかされているみたいで要領を得ないんだけど、どうもそのハル姉……ハルさんって人に恋人がいないからって、わたしを紹介しようと思ったらしいの」

「なるほど、そうだったんですね」

「それでね、もう一つ、もしかしたらって思うことがあって。架純は……」

智美が逡巡するように言葉を切り、二人の間に静寂が流れた。リビングでテレビを見ている家族の声も、窓の外の風の音も聞こえない。時計の針の回転運動だけが小さく主張する部屋で、須美子はゴクリと唾を飲み込んだ。

「……架純は、本当は自分自身がハルさんのことを好きなんじゃないかって、そんな気がするの」

「まあ！」

須美子は思わず声が上ずってしまい、慌てて口を覆った。

智美はその反応に満足したように、「今日、街でね」と言葉を続ける。

「高校生の男の人同士が手を繋いで歩いているのを見かけたんだけど、それを見ていた中学生の女の子たちが『気持ち悪い』っていうような差別的なことを言ったの」

今思い出しても不快だというように智美は一瞬口をすぼめた。

「それで、そのあと架純が、『叶わぬ恋か』って呟くのが聞こえたのね。最初はその男の人たちのことを言ったのかなって思ったんだけど、よく考えたらその人たちの恋――かどうかは分からないけど、叶ってるんじゃないかしらっていう気がして」

「そうですね。公の場で手を繋いで歩けるなら、それは多分……」

「そうよね。もちろん、ただの仲良しのお友だち同士かもしれないけど。それでも彼等のことを言ったんじゃないとしたら、『叶わぬ恋』は架純自身の恋のことを言ったんじゃないかなって」

なんだか青春って感じね……などと須美子は余計な感慨を抱きながらも、もし智美の想像が当たっていたらと考え、まだ見ぬ架純という少女を思うと胸が切なくなった。

「つまり、架純様ご自身がハルさんのことをお好きなのに、それを言い出す前に、何かの成り行きで、智美お嬢様のことを話したら、ハルさんが智美お嬢様をことのほか気に入ってしまったのではないか——と？」

「うん、そんな感じ……」と智美は深刻そうにうなずいた。

須美子は頭をフル回転させ話を整理した。

昨日の時点では、智美の悩みは見知らぬ男性から手紙をもらったことだったはずだが、今日はさらに、それが友人の片思いの相手かもしれないと、その苦悩はより複雑になったわけだ。おそらく智美にとっては、そちらの方が困った問題に違いない。

様子を見ている限り、智美自身はそのハルさんに興味がないように思われる。だから、まかり間違っても三角関係ということにはならないだろうが、それよりも、迂闊な対応をすれば親友を傷つけてしまいかねないと心配しているのだろう。

（まあ、まだ架純様がハルさんのことを好きだというのは、智美お嬢様の単なる想像でしかないのだけれど……）

「あの、もう一度お手紙を拝見してもよろしいですか？」

須美子は先ほどからもやもやしていたもう一つの点に焦点を絞り、そこから何か糸口が見出せないかと思った。

スクールバッグから取り出した水色の封筒を開け、智美が薄い便せんを広げると、やはり須美子の想像通り、「叶わぬ恋」という言葉がそこにはあった。

『智美様　誰かを好きになる喜びを知ったとき、届かぬ想いの苦しみを知りました。自分の気持ちを騙して生きるべきでしょうか。すべて忘れて新たな道へ進むべきでしょうか。叶わぬ恋。あなたが好きです。　関　晴臣』

（やっぱり……！）

この手紙の主もまた、『叶わぬ恋』に悩んでいる。

（……あ、もしかして）

「智美お嬢様、この手紙にも『叶わぬ恋』ってありますよね」

「あ、そういえばそうね。架純にも見せたから、この手紙のことを言っていたのかしら」

「智美お嬢様、この文面、少しおかしいと思いませんか？」

「何が？」と眉根を寄せて首を傾げた智美を見て、須美子は言葉を選んで切り出した。

「どうして返事を聞く前から『叶わぬ恋』と決めつけてしまっているんでしょう？　それに『届かぬ想い』という言葉にも、少し違和感があります」

「……？」

智美は小首を傾げて言葉の続きを待っている。

「このお手紙が、ハルさんにとっては智美お嬢様へのファーストコンタクトだったはずですよね。しかもお聞きした架純様のご様子では、ハルさんにお嬢様のお話をなさったのはそれほど前のこととは思えません。ですが、『届かぬ想い』という言葉には、もう少し長い時間を感じさせるニュアンスがあると思いませんか？」

「そう……ね。言われてみれば、ちょっと大げさな感じがする」

「それに――」と、須美子は他にも気づいた不可解な点を挙げる。

「『自分の気持ちを騙して生きる』は、好きなことを隠し続けるということ。『すべて忘れて新たな道へ進む』というのは、好きな気持ちを忘れるということのように受け取れますが、こうして手紙をしたためている時点で、忘れたり隠したりする気がないことがうかがえます。そしてとどめはやはり、『叶わぬ恋』ですね。普通に考えると、ＯＫしてもらえないと分かっているけれど告白したということになりますが……」

それに続く『あなたが好きです』という結びの文章に、須美子は時ならずドキッとしてしまう。それは向かい側から覗いていた智美も同じだったようで、はにかんで須美子と顔を見合わせた。

「たとえば、こう考えてみてはいかがでしょう」

須美子は最前の閃きを頭の中で整理し、再び口を開いた。

「最初に書かれている『誰かを好きになる喜びを知った』相手は、智美お嬢様ではなく別の誰かで、その誰かに思いが届かないから、『自分の気持ちを騙して』、『すべて忘れて新たな道へ進む』ため、つまり叶わぬ恋を吹っ切るために『あなたが好きです』と告白した――という考え方もできなくはないかと。……まあ、相当回りくどいですし、智美お嬢様にちょっと失礼な話ではありますけれど」

「叶わぬ恋って？」

「これはあくまでもわたしの想像でしかありませんが――」

須美子は鼻からゆっくりと息を吸い込んでから、「その相手が同性、たとえば……架純様のお兄様であるとか、です」と吐き出した。

「ええっ！」

智美は須美子を非難するような目で見て、絶句した。

「智美お嬢様、あくまで想像のお話ですよ」

「そんな……想像って言っても、アイデンティティにかかわる問題だわ」

「アイデンティティ……ですか。多様性の時代が言われ始めて随分経ちますので、智美お嬢様たちのお年頃には、ＬＧＢＴＱがもっと普通に受け入れられているものかと思っていましたが。それに今日ご覧になった男子高校生の方々のアイデンティティはどうなるのでしょう……」

須美子はやんわりと窘めるつもりで言った。

智美自身も自分の不用意な発言にすぐに気づき、恥じいるように「そうよね……ごめんなさい」と肩をすぼめた。

男子高校生が手をつないでいるのを見て、「気持ち悪い」と言った中学生。それを不快に思った優等生の智美の中にもまた、世間で凝り固まった古い常識や偏見が残っていることが、須美子には驚きであった。

「いえ、わたしこそ言い過ぎました。申し訳ございません」

「ううん……それじゃあ、ハルさんが架純のお兄さんのことが好きで、それを架純が知っていると仮定して……それでどういうことになるの？」

智美はあらためて須美子に向き直った。

「架純様がハルさんの片思いを知っていたとすれば、先ほどお聞きした男子高校生を見て『叶わぬ恋か』とおっしゃったのが、その二人にハルさんとお兄様を重ねたからではないかと思ったのです――」

5

水曜の朝は冷たい風が吹いていた。

いつもの電車に乗り、いつもの時間に市ケ谷駅に降り立つ。今日も狭いホームは混雑しているが、通りに出たとたん、人々が放射状に散っていくのもいつもの風景だ。

コートの襟をかき合わせ、首をすくめるようにして駅前の信号が青になるのを待っていると、後ろから肩を叩かれた。

「さーとみ！」

振り返る瞬間、緊張しなかったと言ったら嘘になる。

「おはよう」

努めて普通に挨拶をし、いつもどおり微笑んだつもりだが、寒さのせいばかりでなく頬が引きつっていたかもしれない。

「おはよう、寒いね」と肩をすくめる架純の方は、そんな智美をまったく気にする様子もなく、信号が変わるとさっさと歩き始めた。

「ねえ架純、今日、帰りにちょっと時間ある？」

「お、どうしたの？　今でもいいよ」

「うん、ちょっと静かなところで話したくて……」

架純は「分かった」と返事をしておいて、「……なんかあった？」と質問を重ねた。

「ううん、たいしたことじゃないんだ」と言葉を濁し、今日の世界史のミニテストに話題を移した。案の定、架純はミニテストのことなどすっかり忘れていたらしく、「え、そうだっけ？　範囲どこ？　急いで暗記しなきゃ」と慌てふためいている。これもいつもどおりの光景であった。


「――で、どうしたの？」

下校時間になると、堪りかねたように架純が振り返った。

ロッカーからお揃いのコートを取り出し、学校の中庭へ向かった。

冬になると吹きだまりのようなこの場所には他に人影はなく、寒ささえ我慢すれば内緒話にうってつけだ。なるべく風の当たらない植木に囲まれた陽だまりのベンチを選んで、二人並んで坐った。

智美はなんと切り出すべきか今日一日、ずっと考えていた。だが、うまい言葉を見つけられず、結局、思っていることをそのまま口にした。

「あのさ、架純。気を悪くしないで聞いてほしいんだけど、もしかしてハルさんって……

「その、架純のお兄さんのこと好きだったんじゃない……？」

智美を見る架純の表情が信じられないものでも見るように凍りつき、さっと横を向いて俯く。

「どうして、そう思ったの……」

「昨日、帰り道で男子高校生が手を繋いでいたのを見たでしょ。そのあと、架純が『叶わぬ恋か』って言ったのが聞こえちゃったの。それで、あの手紙って、ハルさんが男の人……たとえば、架純のお兄さんのことを諦めるために書いたものだったんじゃないかなって——」

そこまで言ったときだった。

「……ふう」

大きなため息が聞こえた。透き通る空を見つめた架純の目には、いつもの意志の強そうな光が戻っている。

「一昨年の秋だったかな、うちでお兄ちゃんとハル姉と三人で映画を見てたんだ。男性のことも女性のことも好きな人が出てくる映画だったんだけど、わたしの隣に坐ってたハル姉がね、離れた場所にいたお兄ちゃんに一瞬、視線を向けた気がして。そのあと突然、『きっと、誰も分かってくれない』って、ポツリとこぼしたの。びっくりしてチラッと横目で見たら、ハル姉、とても淋しそうな顔してた。だから……。あ、でも、ただ単に、わたしの勘違いかもしれないよ。だって、『もしかしてお兄ちゃんのことが好きなの』なんて聞けないしね……」

そこで言葉を切ると、架純はふと真顔になって智美の目を見た。「ねえ、智美は同性のことを好きになるって、気持ち悪いと思う？」

「ううん、全然」

「そっか。ははは、よかった」

横に首を振って即答した智美に、架純は力の抜けた笑いを漏らし、安心した顔で続けた。

「ハル姉って、がさつが服着て歩いてるみたいなうちのお兄ちゃんと違って、繊細で、気が利いて優しいから、昔から色々なことを相談してたんだ。今ではもう、ハル姉はもう一人のお兄ちゃんのような存在で家族みたいな感じの付き合いなの」

「——いいね。そういうの」

智美は、ハルと架純の関係がなんだか羨ましかった。

「それでね、智美のこともハル姉には、いつも話していたんだけど……。あ、智美。もうあの手紙のことは忘れていいからね」

この物語はおしまいと、終止符を打つようにそう言われた智美は、結局、架純のハルへの気持ちを確かめることはできなかった。

その後、学校からの帰り道、架純はいつものように明るい話題を振ってくれたが、智美はいつもよりも少しだけ反応が遅れた。普段どおりに受け答えしているつもりだが、どこかスッキリしない靄がかかり、なんだかうまく頭が働かない。

だが、それでも架純には悟られずに済んだようだ。

「じゃあね智美、また明日」

「うん、またね」

智美は手を振り、ＪＲの市ケ谷駅へ向かう架純と別れて地下鉄への階段を下る。

リズムよく足を踏み下ろして改札を目指していたが、心の迷いと共にスローテンポになり、やがて階段の途中で立ち止まってしまった。

(やっぱり、架純にハルさんへの気持ちを聞いてみよう――)

智美はくるりと向きを変え、階段を駆け上り外に出る。

だが、目の前の信号は赤だった。道路の向こうに架純の姿も見えない。智美はため息をつくと、なんだかまたすぐに階段を下りる気にはなれず、青信号の横断歩道をとぼとぼと渡った。

交番の前を通り過ぎ、神田川に架かる橋の途中で川面を眺める。しばらくすると、川沿いを走る黄色い電車が見えた。架純が乗っているのだろうかと見送ったあと、智美は行く当てもなく橋を渡り切った。

(このまま一駅歩こうかな……)

そう思い、信号で立ち止まっていると、道路の向こうに見覚えのある茶色のダッフルコートが見えた。

(あ、あの人!)

信号が変わると智美は駆け足であとを追う。

(でも、人違いだったら……)

急に不安になり、早歩きに速度を落とし、三メートルほど後ろをついていく。すると、不意に横を向いたその男性の顎に、特徴的なホクロがあるのが見えた。

(間違いないわ)

智美は声の届く距離まで近づき、思いきってその男性に呼びかけた。

6

「こんにちは」

夕食の買い物を終えた須美子が花春のドアを開けると、控えめに暖房の入った店内に、今日は日下部亘もいた。

日下部は帝都大学の教授を退官し、今は非常勤講師として帝都大に勤めている。口ひげに中折れ帽がトレードマークの紳士だ。

「こんにちは、須美子さん」

育代の隣で湯のみを片手に、須美子を迎えてくれた。

「日下部さん、最近お忙しいようですね」

須美子が久しぶりに顔を合わせた日下部を気遣うと、「いえいえ、それほど忙しいわけではないのですが」と謙遜した。おそらく、新たな題材でも見つかって、学究に没頭していたのだろう。

「今はどんなことをしていらっしゃるんですか？」

「今はですな――」と言って、チラッと育代を見たあと「……よつば、まくら、こい」と言った。

「なんですか、それ？」

須美子は訳が分からず問い返す。

「わたしがいま題材にしているもののヒントです。答えは次にお会いした際に発表するとしましょう」

「『四つ葉』に『枕』、それから『こい』……『こい』って、魚の鯉かしら、それとも恋愛の恋？」

育代はさっそく考え始めたようで、腕を組み頭をひねっている。

「まあ……強いて言うなら後者のほうですかな」

日下部は少し言い淀んだあと早口で答えると、「では予定があるのでわたしはこれで。須美子さんお先に。育代さん、お茶をごちそうさまでした」と腰を上げ、そのまま店を出て行った。

「うーん、難しい謎ね。でも、今回はわたしにも分かりそうな気がする。名探偵の須美ちゃんにだって負けないから」

「もう、育代さん、ですからわたしは——」と言いかけて、須美子は育代が目を閉じて、「よつばまくらこい、よつばまくらこい……」と、念仏でも唱えているような姿を見て訂正をあきらめた。

その日、すっかり陽が落ちてから帰ってきた智美は、物思いに沈んだ様子で元気のない「ただいま」を言ったあと、部屋に籠もってしまった。

(昨日、わたしが余計なことを言ったせいかしら……)

須美子は不安に駆られ、食事の前だと分かっていながら、おやつに用意しておいたシフォンケーキを持って、智美の部屋をノックした。

「ごめんね須美ちゃん。あまりお腹が空いていなくて……」

智美は疲れたような声で返事をして、ドアから顔を覗かせた。「そうだ。今日はお母さま、PTAの会合に出掛けているのよね?」

「はい、ご夕食までにはお戻りになるそうですが」

「じゃあ、わたし、食事の準備を手伝ってもいい？」と言って、須美子の背中を押すようにして、キッチンへついてきた。

智美にピーラーを渡して野菜の皮剝きを頼みながら、「今日はいかがでしたか？」と須美子は曖昧に水を向けた。すると智美は、堰を切ったように話し始めた。

「さっきね、帰りに架純と別れたあとで、あの人を偶然見かけたの」

「ハルさんですか？」

「そう。わたし、『関さん』って呼びかけたんだけど無視されちゃった。絶対聞こえてたと思うんだけどな……」

智美は思いきって呼びかけたあと、男性が足を止めることなく、すぐ先にあった大学のキャンパスへと入ってしまったことを須美子に話した。

「イヤホンを着けていらしたんじゃありませんか？」

「ううん、そうは見えなかったのよね……」

小さな形の良い唇をとがらせ、ジャガイモに八つ当たりするように皮を剝く。いくらその気がない相手とはいえ、呼びかけを無視されては、ラブレターをもらった智美としてはおもしろくなかったのだろう。

「……そうだ。須美ちゃんに報告しなくっちゃ」と智美が作業の手を止め須美子に向き直った。須美子も鍋の火を弱め、「なんでしょう？」と居住まいを正す。

「架純はハルさんとは家族みたいな付き合いをしていて、わたしのこともいつも話していたんですって。架純とハルさんの間でどんな話があったのかはわからないんだけど、とにかく、それでハルさんがわたしに手紙をくれることになったんじゃないかなって」

「そうでしたか」

「それからね……須美ちゃんの言ったとおりだったかも。ハルさんは架純のお兄さんのことが好きなのかもしれないわ……」

「……」

須美子は神妙にうなずいた。

「わたし、ＬＧＢＴＱって頭では理解しているつもりでいたのに、それって社会問題として捉えていただけで、ひとりの人の気持ちとしてきちんと考えてみたことがなかったのよね……」

「わたしも先日、偉そうなことを言ってしまいましたが、同じようなものです……でも一つだけはっきり言えることは、誰かを想う気持ちって純粋に素敵ですよね」

「わたしもそう思う！」

須美子の言葉に同調して晴れやかな表情を見せた智美だったが、すぐに「ただ」と顔を曇らせた。

「結局、架純がハルさんを好きかどうかは聞けなかったの……。あの手紙のことはもう忘れてって言われちゃって、それっきり。それに今さらなんだけど、あの手紙、本当にわたしが受け取ってよかったのかなあって……」

「どうしてですか？」

「架純の話を聞いたら、『あなたが好きです』っていう言葉はわたしに向けて書いたんじゃない気がしてきて……。それに、やっぱり架純はハルさんのことが好きだと思うのよね」

（あれ？　なんだろう、何か違うような……）

突然、須美子の心の中に白い霧が立ちこめた。最後まできて、残り一つが嵌まらないジグソーパズルのような、気持ちの悪い感覚だ。

智美がぎこちない手つきでジャガイモを短冊に切っている間も、須美子は考え続けたが、料理が完成に近づいてもなお、その違和感の正体を見つけ出すことはできなかった。

ひとまず気持ちを切り替えてダイニングテーブルに料理を並べ、いつも通り陽一郎を除く五人が晩の食卓を囲んだところで、「今日は智美お嬢様が手伝ってくださいました」と報告する。祖母の雪江も、母親の和子も目を細めて智美を褒めた。雅人だけが「大丈夫かなあ」とニヤニヤしながら叔父の光彦に同意を求め、智美に睨まれていた。

食後、雪江が部屋で書き物をすると言って引き揚げると、仕事が残っている光彦も早々に自室へと戻っていった。

リビングのテレビは雅人のリクエストで歌番組がついていて、編み物をする和子と、見るともなくテレビの前に坐った智美の母子三人水入らずの風景ができあがっていた。

須美子がハーブティーを淹れて持って行くと、ちょうど雅人のお気に入りのアーティストが歌い終わって、代わりに若い男性歌手がギターを抱えて登場したところだった。画面に〔ＨＡＲＵ＠ＭＩ〕と名前が映し出される。最近中高生に人気のあるアーティストだ。

（たしかあれで「ハルアミ」って読むのよね）

以前、和子と智美が話していたのを須美子は思い出した。

「あっ！」

不意に智美が声を上げて振り返った。

「？」

思い当たる節がなく、見つめられた須美子は首を傾げる。

「どうしたの智美」と母親に不審がられ、智美は「……なんでもない」と首をすくめてから、もう一度ちらっと須美子に視線を投げた。

「やっぱり、智美もＨＡＲＵ＠ＭＩが好きなんでしょう」と母に言われ、「そうでもないけど……」と言葉を濁している。

須美子は「智美も」と言った和子が、この歌手を好きなのかどうか少し興味をひかれたが、余計な口は挟まず、ハーブティーが温かいうちに二階の光彦の部屋へも届けることにした。

ドアをノックすると、「開いてるよー」と返事が聞こえた。

「坊っちゃま、ハーブティーをお持ちしました」とドアを開けながら声をかけると、「お、ありがとう須美ちゃん。ここに置いてくれるかい」と、デスクの上にスペースを作った。

「うーん、迷うな……」

光彦の視線の先には、「みちのく不思議紀行」という見出しが躍っている。光彦の職業はルポライターで、こういった旅行記や歴史にまつわるエッセイやルポルタージュを書くことが多い。雑誌に掲載された原稿は須美子も読ませてもらっているが、どんなテーマでも想像力に満ちた魅力的な切り口で紡がれていて、いつも最後まで引き込まれてしまう。

だから須美子は、「光彦坊っちゃまはいつか立派な小説家になる」と信じている。そして、三十三歳でしがないフリーのルポライターという現状に甘んじているのも、ともすれば探偵のまねごとをして雪江に叱られているのも、すべて腐れ縁の軽井沢に住む作家・内《うち》田康夫《だやすお》のせいなのだと確信している。

内田は光彦に「旅と歴史」という雑誌の仕事を紹介し、ルポライターという職業に就かせてくれた恩人ではある。その功績は認めないわけにいかないが、いつまでも恩着せがましく、光彦にあれやこれやと無理難題を押しつけてくることが、須美子には腹立たしくてならないのだ。特に許せないのが、光彦が解決した事件を推理小説に仕立て上げ、浅見家の面々を実名で登場させ、あることないことを書き連ねることだ。そのせいで、光彦が雪江からたびたび小言を言われる羽目になる。

　だが光彦の探偵活動自体は、内田が無理矢理にやらせているわけではない。内田からの指示や依頼がきっかけの場合もあるようだが、好奇心の塊のような光彦が、自ら事件に首を突っ込んでいく回数のほうが圧倒的に多いに違いない。そのことに須美子も薄々気づいてはいるが、そもそも悪の道へ引きずり込んだ元凶は内田であると、信じて疑わないようにしている。

「——須美ちゃんどうしたの？　怖い顔して」

　無意識に蛇蝎《だかつ》を睨みつけるような顔をしていたかもしれない。光彦に言われてハッとした。

「な、なんでもありません。それより、坊っちゃまこそ、何を悩んでいらっしゃったのですか？」

　ハーブティーを置き、お盆を胸に抱えた須美子が矛先をそらすと、「ああ、このあいだ書いた記事のゲラが上がってきたんだけど、編集部から、どの書体がイメージに合いますかって意見を求められてね。どれがいいかと思って……」と、光彦は腕を組んで椅子の背もたれに体重を預ける。

机には五枚の紙が並べてあった。どうやら全て同じ内容が書かれているようだが、それぞれ書体やデザインが少しずつ異なっている。

「へえ、文字の種類だけでも色々あるのですね」

「そうなんだよ。丸ゴチ、細ゴチ、行書、隷書、勘亭流、ＰＯＰ体……そういえば、どれくらいあるんだろうな。最近は、ほら、こういった手書き風のオリジナル書体とかも作れるみたいだからね」

光彦は『オリジナル書体集』という冊子をパラパラと捲り、「須美ちゃんはどれがいいと思う？」と、体を引いて須美子に場所を譲った。

「そうですねえ、あっ……」

キッチンで洗い物をしている須美子の横に、歌番組に最後まで付き合った智美がいそいそとやって来た。

「さっき思い出したんだけど——前に架純が授業中、窓の外を見ながら、めずらしくぼんやりしていたことがあって、後ろからつついたらビックリしてノートを落としたの。そこにね、『ＨＡＲＵ＠ＭＩ』って書いてあったように見えたから、架純もあのアーティストが好きなんだなって思ったんだけど、慌てて隠したからなんとなく触れないようにしてたんだ……。でもね、あらためてよく思い出してみたら、ノートに書いていたのが、『HARU@MI』じゃなくて、『HARUOMI』じゃなかったかなって気がしてきたの」

須美子は頭の中に七文字のアルファベットを浮かべ、「似てますね」とうなずいて見せた。

「そうでしょう。それでね、やっぱり架純はハルさんのことが好きなんだと思うの。それもきっと、ずっと前からじゃないかって……。だからわたし、もう、あの手紙のことは忘れることにするわ。架純からも、そう言われたし。関さんへはわたしからは返事をせずに架純に任せようと思うの。須美ちゃん、色々と相談にのってくれてありがとうね」

「いえ……」

吹っ切れたように笑う智美に、須美子は首を振りながらも、心中では全く別のことを考えていた。

ついさっき光彦の部屋で見たもの、そして架純が書いていたという名前。それに——。

須美子ははやる気持ちを抑えて、自分の夕食もそこそこに、キッチンの奥にある自室の小さな机にノートを広げ、ペンを走らせる。

幾度か書き直すたびに、頭の中では色々なワードがどんどん繋ぎ合わさっていく。

「やっぱり……」

求める答えを見つけた須美子だが、智美に伝えるべきかどうか迷った。

完成したジグソーパズルは、全面真っ白なミルクパズルのように、混じり気のない純粋さを感じさせる。だがそれは脆く、儚く、そして痛みを感じさせる、ひび割れた一枚のカンバスのようでもあったからだ。

十六歳といえば、もう立派な女性だが、まだ壊れやすい少女の一面も合わせ持っている年頃だろう。そして、架純以上に智美は、今時珍しいくらいの清純な少女だ。厳しくも温かい家庭で育てられ、透明感のある強く美しい輝きを放っている。

だが、彼女の本当の心は須美子には分からない。きっと、春の氷のように、ちょっとしたことで、壊れやすくもあるはずだ。

(このまま、何も言わない方がいいのかもしれない……)

天井を見上げため息をついた須美子の脳裏に、智美の天使のような笑顔が浮かび、その周りを浅見家の人々が取り囲んだ。

あの大奥様のご令孫。

刑事局長である旦那様と若奥様のお嬢様。

雅人坊っちゃまのお姉様で、光彦坊っちゃまの姪御様……。

(智美お嬢様ならきっと――)

連綿と続く浅見家の血を引く少女の強さを、須美子は信じようと決めた。

入浴のために階段を下りてきた智美をつかまえるとキッチンに呼び寄せ、須美子は「架純様の苗字って『堀江』様でしょうか？」と単刀直入に訊ねた。

「そうだけど……あれ、どうして分かったの？」

「一番可能性が高そうなものを当てずっぽうで言っただけなのですが、やはり堀江架純様とおっしゃるのですね」

「ええ、そうだけどそれがどうしたの？」

「では、関晴臣さんという男性は存在しないと思います」

突然の須美子の言葉に、智美はその意味が理解できないでいるようだ。

「……えっと、どういうこと……わたし、関さんに実際に会ってるけど……何言ってるの、須美ちゃん？」

智美が心配そうな顔で見つめた。須美子がどうかしてしまったとでも思っているのだろう。

「智美お嬢様が会ったあの男性は、関晴臣さんではありません」

「……どういうこと？」

これはあくまでわたしの勝手な推理ですが――と前置きをし、須美子は自分が辿り着いた場所から見えた景色を説明した。

友だちと勉強して帰るから遅くなると、家族に初めて嘘をついて家を出てきた。

(きっと須美ちゃんは気づいていただろうけど……)

授業が終わるまで、いつもと変わらない自分を演じた智美は、親友の架純にも小さな嘘をついた。

7

「ごめん、ちょっとお腹が痛いから少し休んでから帰る。架純、先に帰ってて」

「え、大丈夫？　一緒に保健室に行こうか」

「ちょっと休めば治ると思う」

机に突っ伏し顔を隠して智美は言った。帰り支度をしているクラスメイトたちは、智美を気遣いながらも三々五々教室を出て行くが、架純は違った。

「心配だからよくなるまでわたしも一緒にいるよ」

架純ならそう言ってくれるだろうと思っていた智美は、親友の優しさに少し胸が痛んだ。

やがて、三十分ほどで教室は他に誰もいなくなった。

「どう、智美？」

心配げに机の横に架純が立ち、智美は顔を上げた。

「ごめんね架純。もう大丈夫」

「ああ、よかった。でももう少し休んでいく？」

「――関晴臣って、架純のことだよね」

前触れなく、突然、喉元に突きつけられた刃に、「ひっ」と息を呑む音が聞こえ、架純の表情がこわばる。

「え、な、何を言ってるの？　もう智美、突然、変なことを言うからビックリしたじゃない。やだなあ」

動揺を隠そうととぼけて見せる架純だが、その目に浮かんだ驚愕の色と引きつった頬はごまかしようがない。

智美は昨日、須美子から話を聞いた際、自分も同じような顔をしていただろうなと想像した。そして、そのあと湯船に鼻まで浸かりながら、目の前に提示された真実が、さざ波となって全身に広がり、細胞の一つ一つに染み込んでいった感覚を思い出していた――。

＊

「――坊っちゃまに見せていただいたのですが、最近は印刷の書体ってたくさんあるのですよね。手書き風の書体だけでもいろいろあって、プリントアウトしてその上からなぞれば、力強い男性っぽい文字も簡単に書けます。そもそも、智美お嬢様からお聞きしたハルさんのイメージと、あの手紙の堂々とした文字がわたしの中でそぐわなかったんですよね。それに、封筒に書かれた文字が少しぎこちなかったのは、薄い便せんのように上からなぞれず、似た文字になるよう真似して書いたからなのかもしれません」

「……須美ちゃん、いったいなんの話？」

突然の話題に首をかしげたが、須美子はそんな智美に構わず続けた。

「関晴臣をローマ字で書いて並び替えると、堀江架純になりました」

須美子はアルファベットで名前を書いたメモ用紙を、智美に見せた。

SEKI HARUOMI
↓
HORIE KASUMI

「えっ」

「あのお手紙は架純様が智美お嬢様に宛てて書いたものではないでしょうか」

「それって、どういうこと？」

「架純様がお話しになった『ハル姉』さんのご説明に、お嬢様は不自然さや違和感を持たれなかったようですから、おそらくお嬢様が見かけた男性は実際に『ハル』がつくお名前で、語られたバックグラウンドも本当のことなのだと思います。架純様は自分の名前、堀江架純にも『ＨＡＲＵ』のローマ字が入っているのに気づいて、関晴臣という架空の存在を作り、巧妙に嘘の中に真実を織り交ぜて、手紙がハルさんからだとお嬢様に信じ込ませることにした……と、最初はそう考えました。ですが、智美お嬢様からお聞きしている架純様に、策略や誰かを利用するといったイメージは似合わない気がします。ですから多分、ハルさんのほうから架純様に、協力を申し出たのではないでしょうか」

「………」

智美は、そこまで聞いてもまだ須美子が言っていることの意味が理解できなかった。

「そうまでして手紙を渡した理由は多分、智美お嬢様が男性を好きかどうか確かめたかったから。それに男性からラブレターをもらった智美お嬢様が、どんな反応をするか見たかったから。そして、その後、ハルさんのことをあのように話したのは、同性が好きな人のことを智美お嬢様がどう思うか知りたかったから——かと。……ただ、それだけなら適当な名前、適当な文面で手紙を出せばいいはずです。わざわざ、ご自身の名前をアナグラムにして手紙を書いたということは、きっと書かれている内容は架純様の本心で、自分の胸の裡を智美お嬢様に分かってほしいという思いもあったからではないでしょうか——つまり、架純様は智美お嬢様に、特別な感情をお持ちなのではないかと思います」

『せきはるおみ』と振り仮名を振ることで、アナグラムだとばれやすくなる。だが、『はれおみ』と読まれてしまっては、自分ではなくなってしまう。『届かぬ想いの苦しみ』、『自分の気持ちを騙して生きる』、『すべて忘れて新たな道へ』と綴った架純の心情。そして『叶わぬ恋』と諦めようとしながらも『あなたが好きです』と言わずにはいられない想い。伝わることは怖い、でも伝えたい――そんな架純の葛藤を、須美子はまるで我がことのように苦しげに語った。

「……そう……なの」

智美は混乱した頭で、なんとか須美子の説明を理解しようと必死だった。

「智美お嬢様、わたしは――」

＊

須美子から聞いた話を思い出しながら、目の前の架純にアナグラムや書体のことを伝え、智美は立ち上がる。そして、逃げ道を模索するように忙しなく視線を動かしていた架純に向かって、「実はね、このあいだ、ハルさんを見かけて、わたし声をかけたの」と告げた。

「……!!」

「大きい声で『関さん』って呼びかけたんだけど、無視されちゃった……」

「ち、違うの！　そうじゃ……ないの。ハル姉は何も悪くない。わたしが……全部、わたしが悪いの……」

架純の表情がますますこわばるのを、智美は申し訳ないような気持ちで見つめ、架純の次の言葉を待った。

やがて、観念したように床に視線を落とし、架純が口を開いた。

「……あの日、家の近くでハル姉に会って、突然、恋の悩みかい……って言われたの。どうして分かるのって聞いたら、昔の自分と同じ顔をしていたんだって。それで、おもいきって相談したら、僕にできることならなんでもするし、僕のことを話しても構わないから、頑張れって……」

智美は本名も知らないハルさんの、架純に対する深い愛情を感じた。以前、家族みたいな関係と架純が言っていたが、それ以上の絆ではないだろうか。

「………」

——どれくらいそうしていただろう。二人だけの空間を沈黙が支配する。冬の短い陽が、薄暗い教室に長い影を作っていた。

「でも……やっぱりわたし……」

か細い声で言葉を続けようとした架純は、結局何も言えず、酸欠の金魚のように口をぱくぱくさせている。切れ長の目に鼻筋の通った精悍な顔は青ざめ、肩も手も小刻みに震えているようだ。

そしてついに、架純はその場から逃げ出そうとした。

その瞬間、智美の脳裏に、須美子が最後に言った言葉が浮かんだ。

『──智美お嬢様、わたしは「手の届く幸せ」という言葉が好きなんです。どこで聞いたのか忘れましたが、「背伸びをせず、今の自分の手が届く範囲の幸せをきちんと幸せだと感じる」こと。そして世界中のすべてを幸せにすることは無理でも、「せめて自分の手の届く人や動物たちを幸せにしよう」っていう意味なんですって。きっと、すべては手を伸ばすことから始まるのではないでしょうか』

気がつけば、智美は架純の腕を力一杯つかんでいた。

「架純……あの手紙の最後に書かれてる気持ちって、いつも架純がわたしに大好きって言ってくれてるのとは違う、恋愛対象としての好きっていうこと？」

つかまれた腕を振りほどこうともせず、架純は力なくうな垂れた。そうしてまた長い沈黙のあとに、架純は観念したように短く答えを示す。

「……うん」

「そっか……。ありがとう。でもわたし、誰かを好きになるってことが、まだちゃんと分かっていないのかもしれない。家族のことも好きだし、架純やクラスの友だちも好き。その気持ちと、架純が手紙に書いてくれた『好き』との違いが、まだうまく理解できないでいるの……。きっと、まだ子どもなんだと思う」

架純の目から涙が一粒こぼれ落ち、「……ごめん、智美ごめん」と絞り出すような声で言った。智美がそっと手を放すと、架純は両手で顔を覆った。

「どうして架純が謝るの……」

いつも明るく強い親友が初めて見せた弱さに困惑して、智美は言葉を探す。

「ねえ架純。もし、わたしがハルさんのことを好きになったらどうするつもりだったの？」

「……そうならないことを祈ってた。それに本当は、ハル姉からの手紙じゃなくて、架空の人物のつもりだったしね。自分の名前でアナグラムを作っていたら、偶然、ハル姉に似たような名前ができちゃっただけなの。結果的にはあの日相談してるうちに、ハル姉を利用させてもらうことになって、手紙はずっと持ち歩いていたから、一緒にそのまま市ケ谷の駅前で智美のことを待ってもらったんだ――」

智美の問いに答えつつも、架純は「ごめんなさい」とまた呟いた。その言葉に胸が詰まって目を閉じると、自然と須美子の顔が浮かんだ。

「あのね、架純。うちに須美ちゃんっていうお手伝いさんがいるの。小学校に上がるくらいからずっと一緒に住んでるから、わたしにとってはお姉さんみたいな人。お料理が上手で、お洗濯もお掃除も、なんでもできちゃうスーパーウーマン。しかも名探偵みたいに、なんでもお見通しなの。実は架純のことを見破ったのも須美ちゃんなんだけど、その須美ちゃんがね、『誰かを想う気持ちって純粋に素敵ですよね』って言ってたことがあるんだ。いまそれを思い出したら、一つだけ、間違いのない自分の気持ちに気付いたの」

「……？」

親から離れた雛のように不安げな色を浮かべる架純に再び手を伸ばし、その両手を握ると、正面から濡れた瞳を覗き込んで微笑む。

「架純に好きって言ってもらえたこと、わたし、とっても嬉しい！」

自分より少しだけ背の高い親友を智美がそっと抱きしめると、すすり泣く声が暗い教室に密やかに響きわたった。

8

「日下部さん、わたし分かっちゃいました！」

花春のいつもの席に坐る須美子と日下部に向かって、育代が高らかに宣言した。三人揃うのは三日ぶりだ。

「先日の問題ですな。そうですか、育代さんにもバレてしまいましたか……」

「ふふ、『四つ葉』、『枕』、『恋』。この三つから導き出される答え。つまり、日下部さんがいま研究しているテーマは、ズバリ『占い』でしょう！」

ビシッと人差し指を目の前に突き出され、日下部は体を仰け反らせた。

「……………」

「……………」

「わたしの名推理に二人とも言葉もないようね。もしかして、須美ちゃん、分からなかったの？」

「え、ええ。占いとは思いませんでした」

「本当！　やったわ、わたしついに名探偵を越えたかしら？」

「育代さん、『占い』に辿り着いた理由を聞かせていただけますかな」

日下部が眉間にしわを寄せ、テーブルの上で両手を組む。口ひげと相まって、こういうポーズが驚くほど絵になる男だ。

「いいでしょう」

育代は名探偵になりきった様子で両手を後ろに回し、机の周りを歩きながら推理を披露し始めた。

「オッホン！　まず、簡単なのは『恋』。ずばり恋占いよ。魚の鯉か恋愛の恋かとわたしが訊いた際、日下部さんは恋愛と答えました。魚の鯉占いは、あまり聞かないでしょう？」

「なるほど」

もっともらしくうなずく日下部の横で、須美子は笑いを堪えるために口を真一文字に結んで、眉間に力を入れた。

「次に『枕』。これは夢占いを表しているのよ」

「それなら『枕』じゃなく、日下部さんは『夢』と言うのではないでしょうか」

須美子が難しい顔を崩さないように気をつけつつ茶々を入れると、一瞬「あっ」という表情を浮かべ立ち止まった育代が、「それは、日下部さんが言い間違えたか……あ、枕占いというのがあるのです……多分」と自信なさげに言った。

「ほほう、それはどんな占いですかな」

日下部は興味深そうな表情で重ねて訊ねるが、須美子は日下部が内心では面白がっていることに気づいていた。

「え、えーと、あれよあれ。枕を投げて表なら明日は晴れ、裏なら雨。昔からよくやったでしょう。ね、ねえ須美ちゃん」

「そうですねえ。やったかもしれません。わたしは靴でしたけど、地域によっては……」

口元がひくひくするのを必死に堪え、話を合わせた須美子は、「じゃあ育代さん。『四つ葉』はなんですか？」と最後の説明を求めた。

「ふふ、分からないかしら――」

　自信を取り戻した育代はもったいぶって咳払いをし、二人に背を向けたあと、くるりと振り向きざまに「葉っぱ占いよ！」と言い放って、勢い余って少しよろけた。

「葉っぱ占い？」

「ええ、花屋のわたしとしては、本当はそんなことをしてほしくはないのだけれど、花びらを一枚一枚ちぎって、『好き』『嫌い』『好き』って言うのを子どもの頃、やったでしょう。あれの葉っぱ版よ。――さあ、どうですか、日下部さん、正解でしょう！」

「……くく」

「ふふ、悔しそうね。日下部さん」

「うっ……」

「す、須美ちゃん、そんな！　泣かないで。今回はわたしが勝ったけど、いつもは須美ちゃんのほうが――」

　育代がオロオロし始めた途端、日下部と須美子は堪らず吹き出した。

「ははは、いやあ、さすが育代さんですね」

「本当、葉っぱ占いって……ふふ、『好き』『嫌い』『好き』『嫌い』って、四つ葉じゃ毎回『嫌い』になっちゃいますよ……ぷぷっ」

「あっ」

　育代もようやく気づいたらしく、急に真ん丸の顔が夕日のように染まっていく。

「ちょ、ちょっと二人とも！　間違ってるって分かっていたんなら早く言ってちょうだい。わたしったら、かっこつけちゃったじゃないの。ああ、恥ずかしい……」

乙女のように育代は顔を覆ってその場にしゃがみこんだ。

「いや、すみません笑ってしまって。答えは違いますが、推理としては面白かったですよ。ねえ須美子さん」

「ええ、わたしには想像もできない……ぷっ」

せっかく日下部が立て直そうとしていた雰囲気に染まりきれず、須美子はまた笑い出してしまった。

「もう！　須美ちゃんたら……。あ、じゃあ須美ちゃんは分かったの？」

「ふふ……ええ、アナグラムですよね」

「ははは、やはり須美子さんには簡単すぎましたか」

「アナモグラってなんなの？」

「うぐっ……ア、アナグラムですよ、育代さん」と、さすがの日下部も油断した瞬間の一撃に吹き出したが、すぐに五文字のカタカナを言い直してから続けた。

「文字を並べ替えて別の意味を作る言葉遊びです。たとえば、簡単なものでは『縄』と『罠』。他にも作家の『泡坂妻夫《あわさかつまお》』氏のペンネームは本名の『厚川昌男《あつかわまさお》』を並び替えたアナグラムだそうです」

日下部の解説に、「あつかわまさお……あわさかつまお……あら、本当だわ」と育代もメモ帳に書いた文字を見てようやくうなずいた。

「英語でも色々あるのですが、わたしが好きなのはシャーロック・ホームズのアナグラムが、彼は犯罪者を網にかける——He'll mesh crooks になることですね」

「へえ、面白いわね。じゃあ、『四つ葉、枕、恋』っていうのも並び替えると……えーと、何になるのかしら」

育代は途中で考えるのを放棄し、須美子に目で委ねた。

「小松原育代」

「はい！」

育代は呼び捨てにされたにもかかわらず、素直に返事をして元気よく右手を挙げた。

「ですから、『四つ葉、枕、恋』を並び替えると、『こまつばらいくよ』になるんです」

「あら、そうなの」

育代はまたメモ帳に書いて確認する。「本当！　やっぱり須美ちゃんはすごいわね」

「ええ、名探偵には朝飯前の問題でしたね」

二人に言われて、須美子は鼻の頭にしわを寄せた。

「もう、それやめてください。……それより、日下部さん。育代さんから魚の鯉か恋愛の恋かって聞かれたとき、恋愛を選んだのはどうしてですか？　アナグラムなんですから、魚の鯉でもよかったと思いますけど」

須美子は名探偵とからかわれた仕返しとばかりに日下部に詰め寄った。

「あ、いやあ……参りましたなあ」

頭を掻く日下部を見て、普段はおっとりした育代も須美子の言わんとしたことが分かったようで、日下部と顔を見合わせてまた頬を赤らめた。

「ふふ、なんだかここ、暑いですね。暖房のせいじゃない気がしますけど……さてと、あとはお二人で一緒に『日下部亘』のアナグラムでも作ってくださいね」

須美子はずっしりと持ち重りのするトートバッグを肩に掛け、もう一つの大きなエコバッグを手にぶら下げて、気温差のある店外へと足を踏み出した。

9

「駒込からのほうが近かったんじゃないか?」

「だって、いつも西ケ原の駅から電車に乗ってるって言ってたんだもん」

住宅街を歩きながら、口をとがらせた架純は兄に「だから、しょうがないじゃん」と反論した。

「あ、あの辺、商店街じゃない?」

二人の肩越しに、後ろから長身の青年が指を差す。その言葉どおり、少し先の十字路を曲がると、そこにはたくさんの店が軒を連ねる商店街が出現した。

「……どうして」

商店街を入ってすぐ、架純の耳に苦しげな声が飛び込んできた。振り返ると黒いコートの女性が下を向き、拳を震わせている。

「……どうして、誰も分かってくれないの……」

架純は足を止めたが、兄と青年は気づかずに先へ行ってしまう。

『きっと、誰も分かってくれない』

以前、青年が言っていた言葉を思い出した。それは、架純自身の思いでもある。理解してもらえるはずがない、誰にも話すことはできない、もしもばれてしまったらと考えると、怖くてたまらなかった。でも……それでも、分かってほしかった――。

目の前にいる女性は、どんな理由があって口にしたのかは分からないが、誰も分かってくれないと思い込んでしまう気持ちは痛いほど伝わってくる。

架純が自分よりかなり年上の女性に、「きっと、大丈夫です」と声をかけようかとためらっていると、女性は赤いハイヒールをカツカツと鳴らし足早に行ってしまった。

「あ……」

「おーい、置いてくぞ！」

人混みの中から聞こえた野太い兄の声に、架純は気持ちを切り替え「ちょっと待ってよ！」と駆け出した。

「本当にこんなところに、美味いカレーパンがあるんだろうな」

「間違いないって、わたしの大好きな親友からの情報だもん。ほら、きっとこの先だよ」

兄と青年に追いつくと、じゃれつくように架純はステップを踏んだ。

「まとわりつくなよ、いい歳して恥ずかしいだろ」

「本当は嬉しいくせに。あ、あそこじゃない。お兄ちゃん、早く早く」

架純は兄の手を取り、ぐいぐいと引っ張った。

「おい、やめろって……」

「いいじゃん！」

架純はつないだ手をぶんぶんと振る。こんなふうに三人で出掛けるのは、いつ以来だろうか。

「つたく、お前は……」

小さな子どものような顔で笑う妹を見て、兄は頭の後ろをごしごしと強く掻く。架純は空いたほうの手で後ろを歩いていた青年を招き、「はい、ハル姉も！」とその手を差し出す。

「え！　僕もつなぐの？」

ハル姉と呼ばれた青年は、白く細い指を自分の顔に向ける。

「昔はこうしてよく公園に連れていってくれたよね。ねえ、持ち上げて、えい！」

そう言って二人の手にぶら下がろうとするが、高校生になった架純の重さに耐えきれず、三人ともバランスを崩して転びそうになった。

「おい、危ない！」

よろけた拍子に、架純は生花店から出てきた女性とぶつかりそうになる。

「あ、すみません」

咄嗟に身を翻して謝ると、その女性も「こちらこそ」と笑顔で頭を下げた。

買い物帰りらしく、右肩にネギと大根の飛び出したベージュのトートバッグ、左手にはぱんぱんに膨らんだ緑色のエコバッグをぶらさげている。黒髪を後ろで一つにくくり、飾り気のない服装で、兄たちよりは少し年上だろうか。

「ねえお兄ちゃん、今の人、見た？」

「ん？　ああ、美人だったな」

「そうじゃなくって、すごい買い物の量だったでしょ。きっと、大家族なんだろうね。――ねえ、お兄ちゃん。わたしたちって、他の人からどんな関係に見えると思う？」

「どんなって」

「可愛い女子高生を連れた怪しげな男たち……うーん、怪しいのはお兄ちゃんだけか。きっと、わたしとハル姉が美形の兄妹に見えるだろうな。とすると、お兄ちゃんは……お父さん？」

「なんでだよ」

「ふふ、じゃあ三人兄妹の長男かな」

「大家族だね」

青年は嬉しそうに応じる。

「そうか？　大家族ってもっと大所帯じゃないのか」

「世間ではそうかもしれないけど、僕は一人っ子だからね、兄妹が二人もできればそれはもう大家族だよ。賑やかで楽しそう」

「うん、気の合う人たちみんなで暮らせたら楽しいだろうね！」

架純は兄と青年の手をぎゅっと握り直し、ミュージカルのカーテンコールのように繋いだ両手を挙げ、「大家族万歳！」と叫んだ。寒風に背中を丸めていた人たちが皆、目を細めて通り過ぎてゆく。

「マジ、やめろって」

渋面を作る兄と目が合った青年は、春のように柔らかく微笑んだ。

第三話　和《わ》を繋ぐもの

1

「おひなまつり用ね」

「ええ、大奥様が智美お嬢様のためにって、この時季には必ず床の間と玄関は桃と橘って決めていらっしゃるんです」

浅見家で住み込みのお手伝いをしている吉田須美子の買い物は、花春で花を買うのが今日、最初のミッションだった。

「そうだったわね。毎年、ありがとうございます。桃は厄除け、橘は不老長寿を願う花だものね」

「へえ、そうなんですか。さすが育代さん。……そういえば実家の雛壇飾りにも桃と橘がありましたけど、意味なんて考えもしませんでした」

「ふふん、お花に関しては名探偵の須美ちゃんより、わたしの方が上かしらね。はい、お茶どうぞ」

花春の店主、小松原育代は得意げな顔で須美子の前に温かい紅茶を置きながら、自分もテーブルについた。

「もう、育代さんたら。名探偵はやめてくださいって言ってるのに……」

「ふふ、だって本当のことでしょう。あ、そうそう聞いて須美ちゃん、このあいだのお休みにね、ナショナルスポーツセンターを見学してきたのよ」

育代はそう言って、後ろの棚をごそごそと物色する。

「ええと、確か区内にある施設でしたよね。どこにあるんでしたっけ？」

「ほら、西が丘の、元は自衛隊の施設があった……っていっても須美ちゃんは知らないかしら。オリンピックの強化指定選手とかが練習している大規模な運動施設よ」

「西が丘ですか……」

須美子は頭の中に北区の地図を広げた。須美子が住む浅見家は西ケ原という場所にある。北西から南東に細長い東京都北区の南端辺りだ。西が丘は西ケ原よりだいぶ北西の方、確か赤羽の近くだったはずだ。滅多に足を運ぶことはないエリアで、ナショナルスポーツセンターにも行ったことはなかったが、須美子が北区へ来る少し前にできた施設だということは聞いて知っていた。

「こんなに近くにオリンピック選手が練習している場所があるなんて、北区民としては鼻が高いわよね。あ、あったわ」

育代はそれほど高くない鼻を聳《そび》やかすようにして胸を張り、「ポリーシューズの村中《むらなか》さんがね、見学ができるから一緒に行こうって誘ってくれたの」と、そのときもらってきたというパンフレットを、須美子の前に置いて見せた。

表紙には、そのセンターのメイン施設なのだろうか、巨大な建物の写真が全面に印刷され、空の部分に大きく施設名が書かれている。

「ねえ須美ちゃん。五輪のマークって五色の輪っかが並んでいるでしょ、何色がどの位置にあるかって知ってる？」

パンフレットの表紙写真の五輪が写っている部分を育代は手でさっと隠して、須美子にいたずらっぽい笑みを見せた。

「えーと、色は赤、青、黄色、緑に、それとたしか黒でしたよね。でも、どの色がどこにあったかと言われると……はっきりとは憶えていませんね」

須美子は育代の手を透視するようにパンフレットの表紙を凝視したが、思い出せない。

「オッホン」と咳払いをして、育代はまたも得意げに胸を張った。

「アオキクミコ、って覚えるのよ」

「青木久美子……？」

「アルファベットのWを書くように、左から青、黄色、黒、緑、赤の順番なの」

「へえ、青、黄色、黒、緑……あ、本当だ。育代さん、すごいですね！」

育代が手をどけたパンフレットの五輪マークを見て、須美子は本日二度目の褒め言葉を発したが、ふと「あれ？　赤がどうして『コ』なんですか？」と、変なところが気になった。

「えっ……」

育代は視線を宙に漂わせながら「あらほんと、どうしてかしら……赤と言えば、郵便ポスト、トマト、イチゴ……」とブツブツ言っていたが、やがて「……紅茶……あっ、紅茶の『コ』なんじゃないかしら？」と、目の前の紅茶を指さしながら答えた。

「ああ、紅色《べにいろ》！　お見事ですね！」

今度こそ須美子は力強く育代を褒め称えた。

「そう？　合ってるかしらね。これ、子どもの頃に父親が教えてくれたの。えーと、五輪のマークはドーベルマン男爵が考案したんだったわよね」

「……まあ、当たらずとも遠からずな気がしますけど、確かクーベルタン、い、い、男爵ですよ」

相変わらずの育代を、須美子は物知りな浅見家の次男坊・光彦から教えてもらった知識でやんわり訂正する。

「クーベルタンなの？　あらやだ！　わたしずっとドーベルマンって覚えてたわ。だって、強そうだし、百メートル走も速そうなんだもの」

育代は赤くなった頬を両手で恥ずかしそうに覆った。しかし、次の瞬間にはもうケロッとして、「まあ、それはそれとして、ナショナルスポーツセンターってね、本当にすごいのよ」ときらきらと子どものように目を輝かせた。

「施設全体の敷地は驚くほど広くて、わたしが選手だったら、宿泊棟から練習場まで行くだけで相当ハードなトレーニングよ。見学コースにはね、オリンピック選手のユニフォームが飾られていたり、壁に走り高跳びのバーの高さや垂直跳びの記録が描かれていたりするの。知ってる？　男子のバレーボール選手って、四メートル近くの高さまで手が届くらしいわよ。それにね、撮影スポットもいろいろ用意されていて、卓球選手と対戦してる写真が撮れたり、水泳の飛び込み台や、表彰台でも記念撮影ができて、メダリストになった気分が味わえたわ」

育代は一気に喋って上気した顔で微笑む。

「それは貴重な体験ですね」

「ええ、本当にそうね。近場でも、たまにはいつもと違う経験をするのっていいわよね」

その意見には須美子も同感だった。育代も須美子も毎日ほとんど同じエリアの中で、生活のすべてが完結している。それが不満なわけではないのだが、時には新鮮な気分を味わいたいという気持ちはよく分かった。

「実はわたしも明日、若奥様と合唱コンサートに行くんです」

浅見家の大奥様・雪江に頼まれた、いわば仕事の一環ではあるが、久しぶりの「非日常」に、須美子は頬が緩むのを隠しきれなかった。

「あら、素敵！」

「本当は大奥様と若奥様がお二人でいらっしゃる予定だったんですけど、大奥様は差し……迫ったご用事でご都合が悪くなってしまって、わたしが代理で、若奥様のお供をすることになったんです」

差し歯の調子が悪くなったことを言いかけて、すんでの所で大奥様のプライバシーを守ると、須美子は慌てて紅茶に手を伸ばすのだった。


（それにしても、育代さんの「故郷《ふるさと》」の話、傑作だったわね――）

あのあと合唱コンサートの話に花が咲き、須美子が花春を出たのは日が傾きかけたころだった。須美子は思い出し笑いを堪えながら、照り焼き用の鰤を買いに早足で磯川鮮魚店を訪れた。

「……まいっちゃうよな……」

店の奥から聞こえた声に目を向けると、店主の磯川が頭を掻きながら、サンマの内臓《わた》を山ほど食べたような表情を浮かべている。

「どうしたんですか、磯川さん？」

「あ、いらっしゃ……おお、須美ちゃん」

「何かあったんですか？」

「いやねえ、さっき来たお客さんが、ちょっとね……」

磯川は他のお客のことを話してよいものかどうか迷っているようだったが、よほど腹に据えかねたのだろう、おもむろに口を開いた。

「今しがた買い物にきたお客さんがね、突然、店先で悲鳴を上げたんだけどさ——」

磯川が悲鳴を上げた女性に慌ててどうしましたかと訊ねると、いきなり「どうしてくれるのよ！」と大声で怒鳴りつけられたらしい。何事かと思えば、その客のコートに大きな鉤裂《かぎ》きができていたのだそうだ。裾に縦横五センチくらい、L字形に破れた生地がへろっとぶら下がっていて、それを磯川に突きつけ文句を言ってきたのだそうだ。

「だけど、うちの何に引っかけたって言うんだか、引っかかるようなものなんて何もないのにさ……」

磯川が指さしたのは須美子のすぐそばで、魚の入ったトロ箱が並べてあるだけだ。ほとんどは発泡スチロール製。いくつかは木製の物もあるが、目を近づけてみても、釘が飛び出ている様子もない。

(この鯖の背びれで服が破れるわけないわよね)

可能性のあるものを探したが、それらしいものは何も見当たらなかった。

「まあ、お客さんも、すぐにここで破れたわけじゃないと気づいたみたいなんだけどね。でも、こちとら客商売だからさ、あんな大きな声でクレーム言われるとねえ……まったく参っちゃうよ」

悄気返《しょげかえ》る磯川の姿に同情した須美子は、思わず追加で生ひじきにも手を伸ばした。今夜は予定より一品多くなりそうだ。

2

翌日は快晴だが、寒の戻りがひときわ厳しく、北風の強い日であった。

コンサートは午後からの予定だ。須美子は浮き立つ気持ちを抑え、朝からの業務を滞りなくこなし、昼食には差し歯の調子が悪い雪江のために柔らかく煮込んだ月見うどんを用意した。

そして、一足先に近所の行きつけの歯科医院へと出掛ける雪江を玄関で見送り、着替えて戸締まりをし、勝手口を出た。

今日は少しかしこまって、白のブラウスに紺のフレアスカートを合わせ、一張羅のトレンチコートを羽織った。新潟生まれ、新潟育ちの須美子には、今日の寒さも日中ならこの程度で充分。逆に上京して最初の冬には、ダウンコートを着ている都会の人々を見て「こんなに暖かいのに」と驚いたものだ。

ちょうどタイミングを計ったように、黒いロングのチェスターコートを纏った若奥様の和子が玄関に現れた。インナーは白いセーターに、小粒のダイヤのネックレスが光っている。シンプルだが、華やかな和子にとてもよく似合っていた。

「お待たせ須美ちゃん。時間も早いし歩いて行きましょうか」

少し昼を食べ過ぎた須美子にとって、腹ごなしにもなるありがたい提案だった。和子が先に立って歩き出し、須美子も付き従って門を出た。

会場の「北《ほく》とぴあ」は北区の誇る文化施設で、王子駅のすぐ目の前にそびえる地上十七階地下三階建てのビルだ。オーケストラのコンサートもできる大きなホールや展示施設、会議室に音楽スタジオなども備わっている。

浅見家の最寄り駅の西ケ原から王子駅までは地下鉄南北線で一駅だが、家から駅は逆方向になるし、第一、「北とぴあ」まで歩いても十五分程度だ。

和子の斜め後ろを往く須美子の鼻孔を、時折、春の花のような香りがくすぐる。

（あ、この香水、素敵！）

「須美ちゃん、最近はいかが？　何か困っていることはないかしら？」

和子は細い首をひねり、須美子に訊ねた。

「はい！　お蔭様でとても楽しくお仕事させていただいています。しかも今日は若奥様とコンサートだなんて光栄です。とても楽しみで、昨日なんて花春さんにまで自慢しちゃいました」

須美子は率直にうれしさを表現した。

「そう、よかったわ。たまにはこうしてお散歩するのもいいものね」

須美子が若奥様の和子と二人きりで出掛けることは滅多にないことだった。

和子は何かと須美子のことを気にかけてくれ、朝食はもちろん、夕食の準備も手伝ってくれる。旦那様の陽一郎の帰宅が遅くなるときは、須美子には先に休むように言い、自分は深夜に帰ってくる夫を何時になろうと起きて迎えている。それでも朝は必ず決まった時間にキッチンに立っているのだから、その良妻賢母ぶりたるや、山内一豊《やまうちかずとよ》の妻を彷彿とさせるものがある。

「今日はさくらホールだったわよね」と、セミロングの緩くウェーブした髪を肩の辺りで弾ませながら和子が振り返ると、またあの香りがした。

「はい、さくらホールで、十三時三十分開場、十四時開演と書いてありました」

バッグの中のチケットを諳んじて、須美子は左腕の時計を確認した。まだ午後一時を回ったところだ。

今日のコンサートは、雪江が絵画教室仲間である松本寿々子《まつもとすずこ》から招待されたもので、数日におよぶ「懐かしの合唱フェスティバル」という大規模な催しの、数あるプログラムの中の一つだ。プロ、アマ混交で何組かの歌手や合唱団が出演する二時間あまりのコンサートで、多趣味な松本夫人が所属する合唱団もそこに交じって披露するのだそうだ。

「お義母さまのご友人の松本様がいらっしゃる合唱団は、『故郷』と『朧月夜《おぼろづきよ》』を歌うのだそうよ」

「どちらも高野辰之《たかのたつゆき》さんの作詞ですね」

「あら、そうね。よく気づいたわねえ須美ちゃん」

「実はわたし、子供の頃、『故郷』の出だしを『兎美味しい』だと勘違いしていたんです。中学に上がってから違うと指摘されて、とても恥ずかしい思いをして、そのときに覚えました」

照れ笑いをした須美子に、和子も「あら、わたしも似たようなものよ」と笑って、「わたしは子どもの頃、『かの山』も『かの川』も、『かの』っていう地名だと思っていたわ」と応戦した。

「え、若奥様がですか？　あ、でも花春の育代さんは『血を吸う蚊がいっぱいいる山だと思っていたわ』って言ってました」

昨日のことをまた思い出し、須美子は吹き出すのを堪えながら和子に教えた。

「それは……痒そうね」

これには和子も苦笑して、須美子と顔を見合わせて口を押さえておかしそうに笑った。

こうしていると、まったく年齢差を感じさせない若々しさが、和子にはあった。実年齢でいえば二十近く違うのだが、須美子が浅見家にやってきた九年前からちっとも変わらず、いつまでも美しい。

色白で、すらりと長身の和子は、若い頃はさぞモテただろうと想像させた。

幼稚園から大学までである私立のミッション系のS女子学園――いわゆるお嬢さま学校を卒業し、しかも才媛で、二十九歳のときに浅見家へ嫁入りするまでは、商社で海外勤務の声がかかるようなキャリアウーマンだったらしい。

「ふふふ、蚊はともかく、確か『狩野川《かのがわ》』っていう川が実際に静岡県にあるのよ。それを知って、自分の間違いに気づいたの。高野辰之さんが生まれたのは信州だったはずでしょ。だから静岡県の川が『故郷』の歌詞に出てくるのはおかしいかしらと思って」

「たしか長野県の北のほうでしたよね？　わたしの住んでいた新潟県に近いなって思ったことがあります」

「ええ。平成の大合併で中野市《なかの》になった、豊田村《とよた》というところだったはずよ」

「すごい若奥様！　よく村の名前までご存じですね」

「ふふ。実を言うと、合併のことは光彦さんの受け売りなのよ。取材で信州の中野市にいらしたあとにね、お土産話としてお聞きしたの。光彦さん、『故郷』の舞台になった場所も事細かに調べていらして、かの山は高野辰之さんの生家から望む大平山《おおひら》などの里山のことで、かの川は眼下に流れる斑川《はんがわ》だって、それも教えてくださったわ。わたしもね、中学のときにひと夏、設楽《しだら》の祖父の療養を兼ねて信州の温泉旅館に滞在したことがあるから、そのときの風景がとても懐かしくて……」

音無橋の信号で立ち止まった和子は、遠い目をして、北区の「かの山」である飛鳥山公園の小高い丘を見つめた。

3

右手を真上に、左手を水平に伸ばした平和祈念像といえば、多くの人は長崎市を思い浮かべるだろうが、実は「北とぴあ」の正面玄関前にもこの像があることを、須美子は引っ越して来た年に知った。平和祈念像の作者である北村西望《きたむらせいぼう》氏は東京都北区の名誉区民で、平成二年に、長崎のおよそ四分の一サイズの像がこの場所に建立されたのだそうだ。

像の前で立ち止まり瞑目した和子の横に並び、須美子もしばし平和への祈りを捧げてから「北とぴあ」に入った。

正面のエスカレーターを上がると、鮮やかな濃い桜色をした絨毯が広がっていて、ガラス扉に仕切られた向こう側がさくらホールのロビーだ。扉の脇に受付が設けられており、既に行列ができている。

さくらホールは千三百人を収容できる一番大きなホールで、今日のような大規模な市民コンサートから、プロによる能や狂言、演劇やバレエ、それに本格的なフルオーケストラのコンサートなども上演される。音響にはＮＨＫの技術が使われている本格派なのだそうだ。

列の後ろにつくと間もなく「お待たせいたしました、慌てずにお進みください」という案内と共に扉が開かれ、行列はみるみるうちにガラス戸の奥へと流れ込んでいく。須美子の番が来てチケットを差し出すと、制服姿の職員が「自由席です。ごゆっくりお楽しみください」と微笑んで、パンフレットを手渡してくれた。

「若奥様、コートを預けて参りましょうか？」

受付を済ませた須美子が、ホールへ続く重厚なドアの脇にあるクロークに気づき、和子の背中に呼びかける。

「須美ちゃんはどうするの？」

「わたしはこの薄いコートだけですので、持って入ります」

「あら、わたしのだけなら自分で行くから大丈夫よ」

「いえ、若奥様、わたしが……」

「いいのよ。ちょっとここで待っていてね」

和子に押し切られた格好で、須美子は均整の取れた後ろ姿を見送った。

二列に並んだ人々が順々に荷物やコートを預けては入れ替わる。やがてコートを手にした和子がクロークに近づくと、振り返った隣の列の女性が「あらあ、和子さんじゃございませんこと」と、華やいだしわがれ声を張り上げた。近所に住む中西《なかにし》フミ夫人だ。

中西夫人は雪江の同年代の友人で、西ケ原界隈ではちょっと知られたうるさ型だ。飽きもせず、懲りもせず、しょっちゅう光彦に見合い話を持ってくる。須美子は当の光彦以上に彼女の訪問を厭わしく思っていた。

クロークに並んでいる人たちの邪魔になっていることなどお構いなしで、中西夫人は連れの女性に「こちら、警察庁の刑事局長の奥様で、浅見和子さんですのよ」と得意気に紹介している。周囲に注目されても知らん顔で、身を縮めている和子が気の毒でならないが、さすがにこの場面でお手伝いの須美子がしゃしゃり出ていくわけにはいかない。

隣の女性も中西夫人と同じ人種らしく、耳目を気にする様子もなく、「あらあ、そうでございますの。わたくし古平聡子《こだいらさとこ》と申します。初めまして」としなを作って挨拶をした。

中西夫人は頭を下げる和子の肘のあたりを摑まえ声高に続けた。

「和子さんのお祖父様はね、日銀の重役でらした、あの設楽様でいらっしゃいますのよ。それにお父様は――」

そのとき、和子の後ろから「ちょっと、すみませんけど……」と険のある声が聞こえた。

さすがの厚顔な中西夫人も、渋々「じゃあ、またご自宅の方へ伺いますわね。雪江様によろしくお伝えくださいまし。あ、あと光彦坊っちゃんにも」と放り投げるように言って、古平夫人と共に会場へと入っていった。

和子は平身低頭、順番を後ろの人に譲り、自分は最後尾へ並び直した。

(若奥様……)

須美子は迷惑な中西夫人の後ろ姿に心の中で舌を出したあと、淑女のお手本のような和子を見守った。

やがて再度順番がくると、和子はいまだ恥ずかしそうに俯いたまま、手にしていた黒のロングコートをカウンター越しに差し出した。代わりに楕円の小さな札をクローク係から受け取ると、何故か一瞬、微笑んだように須美子には見えた。

「あっ」

和子の手から、今受け取ったばかりの白い札が滑り落ちた。隣でコートを預けていた女性が勢いよく方向転換をし、和子の肩に体当たりしたのだ。桜色の絨毯の上には、二枚の預かり札が落ちているから、一枚はおそらくその女性のものだろう。

「ごめんなさい。大丈夫ですか？」

和子はすぐさま女性に頭を下げたが、相手の方は自分からぶつかったくせに無言で立ち尽くしている。須美子はすぐに駆け寄ろうとしたが、和子が目で大丈夫と合図しているのに気づき、その場に踏みとどまった。

それにしても、これが生まれ持った資質というものだろうか。和子は謝罪の姿にも気品が漂っていることに、須美子は感心した。

一方の相手の女性は傲慢な態度を崩さない。薄いグレーのスーツに真っ赤なハイヒール。冬の屋内だというのに色の濃い大きなサングラスが場違いな印象を与えている。三十代くらいだろうか、着ている物も髪型も須美子よりは少し年長のようだ。

女性は礼も言わず、和子が拾って差しだした札をひったくるようにして、会場のドアへと消えていった。

その背中が見えなくなると、須美子は急いで駆け寄った。

「若奥様、大丈夫でしたか？」

「ありがとう須美ちゃん、大丈夫よ」と和子は苦笑し、須美子がサングラスの女性に対する恨み言を口にしようとしたのを、首を横に振り目顔で制した。

開演が迫ると座席は二階席まで埋まり、コンサートは想像以上に盛況であった。

広いホールに、テレビやＣＤとは違う生の歌声が響き渡り、溶け合う声と声を、全身で感じる。合唱コンサートなど門外漢の須美子だったが、終始、感動しっぱなしであった。

例の松本夫人が参加している『故郷』や『朧月夜』以外にも、知っている曲が多く、須美子は心の中で何曲も一緒に歌った。

第一部が終わり休憩時間になると、高揚した気持ちのまま須美子は一人化粧室に立った。

出番を終えた合唱団のメンバーと、その知り合いらしき人々で賑わっている広いロビーに出た途端、須美子の背中にドンッと衝撃が走った。

(痛っ……あ、この人！)

それは先ほど和子にもぶつかったサングラスの女性だった。彼女は須美子のことなど気にも留めず、スマートフォンを耳に当てたまま一直線にずんずん進んでいく。

須美子が文句を言ってやろうと追いかけると、女性は急にピタッと立ち止まった。

「あ、もしもし……大丈夫なの……薬は……うん、明日も神社ね、分かったわ――」

危うく追突する寸前で急停止した須美子は、ふわりと漂う香りに気づいた。

(あ、この香水――)

それは和子と同じ香りだった。若奥様と一緒の香水をつけているなんて――と、なんだかそんなことまで腹立たしく感じたが、その香りに和子の顔が浮かび、須美子は冷静さを取り戻した。

(ふう……こんな人、もう気にするのはやめておこう)

そう考え直し、須美子が深呼吸をしていると、女性がまた大股で歩き始めた。

その後ろ姿を何気なく目で追うと、彼女の進路上にいた職員に、またも衝突するのを目撃してしまった。相手は制服を着た小柄な中年女性で、背中からぶつかられて、つんのめるように赤いハイヒールの前に転がるのが見えた。

(あっ!)

サングラスの女性の方は少しよろけただけで、仁王立ちのまま倒れた職員を見下ろしている。

「大丈夫ですか！」

須美子は駆け寄り、自分より十五センチは低いだろう職員の細い体を助け起こす。

「……ご」

その様子を見ていたサングラスの女性は何か言いかけたが、口をつぐみ、そのまま知らんぷりをして背を向け歩き出した。

いったん静まったマグマが再噴出し、堪らず「ちょっと！」と声を張り上げた須美子だったが、職員の女性に「大丈夫ですから」と即座に引き止められた。

「でも……」

「本当に、大丈夫ですので。ありがとうございますお客様」

そう言われて須美子もなんとか振り上げた拳を下ろした。

確かに、呼び止めたところであちらは客でこの女性は職員、しかも五十くらいの気の弱そうな女性だ。文句など言えっこないし、逆ギレされれば立場的に彼女が困ったことになるのかもしれない。

辺りには彼女の持ち物が散乱し、それらが入っていた小さな手提げ袋はしぼんだ風船のように、彼女の足元に空しく横たわっていた。

気づいた人たちが何人か、散らばった荷物を手に手に拾い集めてくれている。

そんな心ある姿を見て、須美子も煮えたぎる思いを抑え込み、そばに落ちていたカギの束を拾った。

（あら？　これって……）

刺繍糸を編んで繋げたようなキーチャームの形に見覚えがあるなと思いつつ、須美子はそれが何か分からないうちに職員に手渡した。

「ありがとうございます。皆様、お騒がせいたしまして、申し訳ございませんでした」

彼女は恥ずかしそうにそこにいた全員にぺこぺこと頭を下げ、受け取った手帳やら携帯電話やらを袋へ戻すと、小さな体をさらに屈めてクロークの中へと逃げ込んでいった。


（あ、そうか！　五輪のマークだわ）

キーチャームのデザインに思い当たったのは、手洗いを済ませ、ようやく須美子の中の火山が完全に沈静化したときだった。彼女が落としたカギの束には、直径二センチほどの輪が五つ、平たく並んで繋がっていた。昨日、育代に見せてもらったパンフレットの表紙を思い出し、須美子は気づいたのだ。

（あれ、でもあの輪っか、五色じゃなかったわね。まあ、ずいぶん古そうだったから、色あせちゃったのかもしれないけど。それに、ああいう手芸品って、なんていうんだったかしら……）

しばらく考えたが、第二部の開演五分前を告げるアナウンスが聞こえ、須美子の思考は中断された。

席へ戻って和子に最前の女性のことを話すと、「まあ、それはいけないわね」と、憤慨している。自分のときは鷹揚な対応だったのに、他人のこととなると放ってはおけないらしい。須美子はこんなところに刑事局長の妻の正義感を見た気がした。

須美子は和子と自分の腹の虫を収めようと、咄嗟に別の話題を持ち出した。

「若奥様、わたし、先ほどから考えているのですけど、思い出せないことがあるんです」

須美子が先ほど見た女性のキーチャームを頭に思い描きながら、その素材まで事細かく説明した。すると、和子はこともなげに「それはリリアンでしょう」とおかしそうに口元を覆った。

「あ、あれがリリアンなんですね。聞いたことはあります」

須美子の言葉に、和子は驚いたように「え、須美ちゃんは、子どもの頃にリリアンで遊ばなかったの？」と目を丸くした。

「はあ……」

まるで珍しい生き物でも見るかのような反応だったので、須美子は肩をすぼめて短く答えた。

「そう、そうなのね……そういえば最近は見かけないわね」

年の差を痛感したのか、和子は淋しげに独り言を呟いてから何度かうなずき、「リリアンはね」と説明を始めた。

「手芸用の糸をね、これくらいの筒みたいなものに――」と右手で五センチくらいの何かを空に示して、「ツノみたいな突起が、たしか五つだったかしら、出てるんだけど、そこに順番に糸を巻いていって編み物をする手芸遊びなのよ。わたしが子どもの頃はとても流行っていて、こっそり学校に持ってきてる子もいたわね」

和子は心底懐かしそうに、「わたしも小学生の頃から始めて、中学を卒業するくらいまでは、飽きもせずによく編んでいたものよ」と目を細めた。

須美子は頭の中で、リビングでよく見かける和子の編み物姿を思い出した。それが子供の頃から親しんだ趣味に起因していたのか――と、胸にストンと落ちるタイミングで、第二部開幕のブザーが鳴った。

4

翌朝、いつもの時間にキッチンにあらわれた和子は、須美子に「昨日は楽しかったわね」とご機嫌麗しい様子だ。須美子も知っている合唱曲を口ずさみながら、コーヒーメーカーに豆と水をセットし、棚から食パンの袋を取り出している。

須美子は歌に合わせて、リズムよくオムレツ用の卵を溶いた。

「あ、そうそう、昨日帰ってきてから気づいたんだけれど——」と、和子がトーストの焼き加減を見ながら思い出したように言った。気のせいか、わずかに表情が曇っている。

「コートのポケットにね、見覚えのない写真が入っていたのよ……」

後半部分がトーンダウンしたのは、そろそろキッチンの様子を見に顔を出す大奥様の雪江に配慮してのことだろう。この家の現当主である陽一郎もダイニングに姿を現す頃だ。

須美子も声を落として「どんなお写真ですか？」と訊ねる。

「あとで、ちょっと見てもらえないかしら」

須美子は「はい」と神妙にうなずき、卵をフライパンに流し込んだ。

陽一郎の朝食が終わり、子どもたちと一緒に自分の朝食を済ませた和子が、仕事が一段落する頃を見計らって須美子を居室に呼び寄せると、「これなんだけど」と、ドレッサーの引き出しから件《くだん》の写真を取り出して見せた。

「白黒写真ですね」

須美子は和子の手から受け取ったL判のモノクロ写真をまじまじと見つめた。

写真は三枚。どれも白い縁のあるプリントで、全体的にずいぶん黄ばんでおり、長い年月の経過を感じさせたが、どれも、よくある記念写真とは違う、なんとなく芸術の香りがする構図であった。

「どれも神社みたいですね」

写真には鳥居や社殿が写っているのに須美子は気づいた。

「こんな写真、出掛ける前には入っていなかったのよ。古そうだし、神社の写真だなんて、なんだか気味が悪いでしょう」

和子は少し怯えたような表情で、しかし援軍を得て少しは安心したのか、須美子の手にある写真をのぞき込んだ。「あら、よく見るとこの場所、どこかで……」

和子がそう言いかけたとき、須美子は写真のある部分が目に留まった。

「ちょっと失礼します」と須美子は光に透かすようにして一枚の写真を矯《た》めつ眇《すが》めつ眺めた。

「若奥様、これ『王子神社』って書いてあるんじゃありませんか？」

「え、本当？」

「ほらここに」

須美子は社殿の神額の部分を指さした。ピントは手前の秋桜に合っているが、それでもぶらさがった鈴紐の向こうに見える文字がなんとか読み取れた。

王子神社は北区王子の地名の由来にもなった神社で、北区役所の目と鼻の先にある。

須美子も参拝したことがある現在の王子神社の社殿よりはかなり小ぶりだが、確かに写真の中の神額には『王子神社』と書かれているようだ。ひょっとしたら境内のどこかにあるのかもしれないと、須美子は最近はあまり訪れる機会のない王子神社の風景を思い描いた。

「本当ね。じゃあ、他の二枚もこの近所の写真なのかしら」

「あ、こちらの写真の鳥居は『七社宮《ななしゃぐう》』と読めます」

先ほどと同じように光にかざし確認してから須美子は写真を差し出した。

「七社宮っていうと、滝野川警察署の隣にある神社のことかしらねえ」

和子は浅見家から五分とかからない神社の方角を振り返った。

最後の一枚は鳥居の奥に見える松にピントがあっており、草に覆われた参道が奥へと続いている。

「これも神額があるようですが……」

そう言って須美子は、ぼやけた鳥居の上部に目を近づけた。

「……『八幡──』と書いてあるのでしょうか」と、なんとかその部分だけを読み取り、差し出すと、和子も「本当、言われてみれば八幡という字が書かれているようね」と同意した。

八幡といえば、確か瀧野川八幡神社や赤羽八幡神社が区内にあったはずだ。

「ご近所だからって、やっぱり気持ちのいい写真じゃないわ。なんでわたしのコートにこんな写真が入っていたのかしら」

「あ、もしかして、あのとき札が入れ替わってしまったのではないでしょうか」

須美子が昨日のことを思い出して言うと、和子も「ああ、クロークでお隣の方とぶつかって札を落としてしまったときね」と応じた。

「はい。あの女性と若奥様のコートがたまたま似ていて、札が入れ替わっていても、コートを受け取ったときに気づかなかったとか……」

「ううん、それは絶対にないわ」

「えっ？」

あまりに自信たっぷりの和子の返答に須美子は驚いた。

「だって、わたしが受け取ったクロークの預かり札は『四十六番』で、係の方から渡されたときに、自分の年齢と一緒だって思ったんですもの。ちゃんと自分の札じゃないほうを女性に渡しましたし、帰りにコートを受け取るときも番号を確認して札を返したわ」

「そうでしたか……」

しかし、そうだとすると、誰がいつコートに写真を入れたのだろうか。和子が最前、口にした『気味が悪い』という言葉を思い出し、須美子は「この写真、しばらくわたしがお預かりしておきましょうか？」と、気を利かせて申し出た。

「あら、いいの？」

安堵したように顔をほころばせた和子は素直に写真を差し出した。

須美子はそれをエプロンのポケットにそっとしまいながら、「あ、でも、何かの間違いで若奥様のコートに入ってしまったのなら、持ち主にお返ししなければなりませんよね。どういたしましょうか？」と、意向を確かめた。

「そうよねえ……」

和子が口を開きかけたとき、遠くで「須美ちゃん、ちょっといいかしら？」と大奥様の雪江の呼ぶ声が聞こえ、二人の密談は遮られた。

「お義母さまがお呼びだわ。行ってちょうだい須美ちゃん。写真のことはあとで考えておきますから」

「分かりました」

須美子は「今、参ります！」と返事をしてから、ダイニングで呼んでいる雪江のもとへと駆けつけた。

須美子が西ヶ原商店街で、あのサングラスの女性の姿を見かけたのは、その日の午後。育代に昨日のコンサートの感想を話そうと、いつもより早く家を出た直後のことだった。

(昨日、「北とぴあ」にいた人だわ！)

女性は肩で風を切るように昂然と、商店街を須美子の買い物コースとは逆の方角へと向かっていく。

気づけば須美子は、彼女のあとを追っていた。

昨日の和子と同じような黒のロングコートに身を包んでいるが、控えめで上品な和子とは違い、足元は今日も真っ赤なハイヒールが存在感を誇示している。左肩に掛けた、あまり上品とはいえない派手な色のバッグも、彼女の個性を強くアピールしているように感じた。

（なんだか怪しげなのよね……）

屋内でもサングラスをかけていた徹底ぶりは、顔を隠したいからに違いないと須美子は決めてかかっていた。

（そういえば昨日、薬がどうとかって電話で言ってたけど、まさか覚醒剤の密売人とか……）

にわかに緊張し、須美子はゴクリと唾を飲み込む。

やがてその女性は商店街を逸れて首都高速の下を潜り、靴音高く颯爽と歩いて行く。女性の背中を追いかけながら、道行く人々の多くが、黒っぽい色のコートを着ていることに須美子はあらためて気がついた。

もしここが東京駅なら、あっという間に尾行は失敗していたかもしれない。しかし幸いなことに、この道は人通りが少ない上に、彼女は悪目立ちするバッグと靴を身につけている。これなら、素人の須美子だって見失うはずがなかった。

「そうか。もしかして、あのコート……」

須美子は彼女の後ろ姿を眺めながら、ふと思いつくことがあった。

番号札は入れ替わっていなくても、コート自体が入れ替わっている可能性はないだろうか――。たとえばクローク係が、和子とあの女性のコートを預かった際、あるいは返す際に取り違えてしまうということが、絶対にないとは言い切れない。

近くで見てみないと確実なことは言えないが、女性のコートと和子のコートは、シルエットがとてもよく似ている。しかも彼女は、和子と同じ香水をつけているので、移り香も同じはず。つまり、二人とも相手のコートを自分のコートだと思い込んでいるのではないだろうか。

(だとすると、あの写真はやはりこの女性のもの。そして、この先にはたしか八幡神社があったはず。だからきっと――)

その予想どおり、女性は瀧野川八幡神社がある方向へ道を選んだ。

須美子は緊張で口をからからにしながら尾行を続けた。

昼下がりの住宅街は人影も疎らだが、五メートルほどの距離を空けて追尾する須美子に、先方はまったく気づく様子もない。

やがて八幡神社の鳥居が見えてくると、彼女は迷わず境内へと入っていく。

(やっぱり……)

真っ赤なハイヒールが参道の石畳に踏み入り、視界から消えると須美子は興奮して早足になった。途端に女性が立ち止まり、須美子は危うく追いついてしまうところだった。

須美子は慌てて身を翻し、玉垣の陰に身を隠す。

すると、すぐそこ――鳥居の脇から話し声が聞こえてきた。

「お疲れ様」

「ああ……」

声をかける女性も応じる男性も言葉少なだ。須美子は見つからないよう、玉垣の隙間からそっと二人を窺った。すると、すぐ目の前に女性の後ろ姿があり、肝を冷やした。その向こうには背を向けた白髪の男性がいる。どうやら邪魔にならない参道の端に陣取り、絵を描いているらしい。小さな折りたたみ椅子に坐り、三脚にスケッチブックを開いて、絵筆を握っている。

（あっ！　すごい……）

思わず須美子は玉垣の隙間に顔を近づけ、絵に見入った。

奥に見える本殿とそこに続く参道を切り取った風景が、ごく繊細なタッチで描かれている。鈍色を中心とした明るさのない景色なのに、その絵からはなぜか、温かさが感じられた。寒空に向かって伸びる木々の生命力と、厳粛な雰囲気を醸し出す本殿へ続く石畳。

絵のことなどとんと分からない須美子でさえ、すごいと感じる、率直にいって素晴らしい作品であった。

「――お前、なんでサングラスなんかしているんだ」

「お父さんには関係ないでしょ」

「ああ、また泣き腫らした目を隠してるんだな？」

「い、いいでしょ別に」

どうやら二人は親子のようだ。

「そんな慣れないもんかけて歩いてると、そのうち車にぶつかるぞ」

「……もう昨日、三回もぶつかった。相手は人間だったけど」

須美子は「北とぴあ」での事故を数える。和子にぶつかり、自分にぶつかり、そして、職員の女性にもぶつかっていた。これで三回。どうやら他に被害者はいないようだ。

「昨日？　何日泣いているんだお前は……。それで、相手の方にはちゃんと謝ったのか」

「………」

「いい歳して相変わらずお前のそういうところは困ったもんだな。悪いことをしたら素直に謝る。分かったな」

「……はい」

「分かればいい。……それで、なんでそんなに泣いたんだ？」

厳しい口調で言ったあとに、父親は優しく訊ねた。

「……お父さんからもらったこのコート、破れちゃったの。おととい、魚屋さんで気づいたんだけど、どこかで引っかけちゃったみたいで」

（あっ！　この人のことだったのね……）

須美子は磯川を怒鳴りつけたという客の話を思い出した。

「なんだ、そんなことで泣くやつがあるか」

「そんなことって……せっかくお父さんが買ってくれたのに……ごめんなさい」

「気にするな。また買えばいいさ」

小さな娘をあやすような優しい口調で慰める。

「このコートがいいの。ほらここ、黒い糸で繕《つくろ》ったから目立たないと思うんだけど……大事にしてたのに……」

「こんなところで泣くなよ。お前は本当、母さんに似て感情の起伏が激しいからなあ。もうすぐ四十になるんだから、そういうところを直さんと結婚相手が見つからんぞ」

「お父さんが淋しがるから結婚しないだけです」

「ああ、そうかい、父親思いの娘で嬉しいねえ。だけど、母さんも心配してるだろうなあ。自分の死んだ歳を越えても、娘のもらい手が見つからないというのは――」

「もう、何その言い方」

「……なあ、ところで黒いコートに赤いハイヒールまではいいが、その派手なバッグは合わないんじゃないか。いかにも男に敬遠されそうな配色だぞ」

「靴もバッグもお父さんが買ってくれたものじゃない」

須美子は、上品でないとか、悪目立ちするなどと思ってしまったことを反省した。

「そうだったか？　いや、個々の色はいいが、合わせ方がちょっと独創的すぎるぞ……」

「ふふ、芸術家の娘っぽくていいでしょう」

「芸術家ってお前、全く売れてない絵描きの端くれがおこがましい」

「そんなことない。お父さんの絵はいい絵だもん。こんなにいい絵を描いているのに、なんで誰も分かってくれないんだろう」

「ははは、お前が褒めてくれるだけで充分だよ」

「そんなの、本当のこと言ってるだけだし……あ、心臓のお薬、ちゃんと持ち歩いてい
る？」

「ああ」

「ねえ、やっぱり心配だから一緒に住もうよ。家賃だって安くなるし」

「いや、一人がいいんだ。いいからお前は早く結婚しろ」

「またそればっかり。じゃあ、結婚して三人で住むっていうのは？」

「まず相手を見つけてこい」

「はいはい。あ、そろそろ病院へ行きましょう。絵は乾いた？」

「ああ、大丈夫そうだ」

その会話を聞き終えるや否や、須美子は中腰のまま大急ぎで二人から距離をとった。神社の向かい側は保育園だったが、幸い、誰にも怪しい様子を見られていなかったようだ。

しばらく道具を片付ける音がしたあと、親子は須美子に一瞥もくれず去って行く。

ふと、須美子は男性の声や後ろ姿に覚えがあるような気がしたのだが、すぐに気のせいよねと思い直し、それよりも——と次の行動を開始した。

5

「お帰りなさい、須美ちゃん。今日の夕食は何にするのかしら?」

須美子が勝手口から帰宅すると、すぐに和子がキッチンに顔を出した。結局、育代のところには寄れず、大急ぎで買い物を済ませたのだが、ずいぶん時間がかかってしまった。

「遅くなってすみません。今日はニンジンがお買い得でしたので、きんぴらにして、カリフラワーのスープと、それからチキンソテーにしようと思いますが、いかがでしょうか」

須美子は平静を装ったつもりだったが、和子は「いいわね」と微笑んだあと、すぐに
「……須美ちゃん何かあったの?　なんだか少し疲れてるみたいだけど」と指摘した。

和子は機微に聡く勘が鋭い。日々、要職にある夫を支え、如才なく姑を立て、難しい年

頃の子どもたちを見守っているなかで自然と身についた能力だろう。

「実は――」

須美子は「北とぴあ」で聞いた電話の内容から疑惑を抱き、先ほど偶然見かけた彼女を八幡神社まで尾行したことをかいつまんで話した。

「――なるほどね。それで何か秘密の取引をしているのかと思ったのね……」

「……はい」

そんなドラマや映画みたいなことあるわけがないのに――と、須美子は今さらながら口にしたことが恥ずかしくなった。

あらぬ疑いをかけた結果、須美子がしたのは物陰に隠れて、父と娘の会話をただ盗み聞きしたことだけだった。コートだって、彼女のは一昨日裾が破れて自分で補修しているのを今日、彼女自身が確認していたのだから、もはや入れ替わっている可能性はゼロだ。

「でも、とにかくわたしの写真のせいでたいへんな事件に巻き込まれたのじゃなくてよかったわ。須美ちゃん、今後は絶対に危ないことはしないでちょうだいね」

和子はあくまでも真面目な顔で、勇み足を踏んだ須美子を我が子のように諭した。

「……はい」

須美子はしおらしくうなずくしかない。実はあのあと、八幡神社について、ちょっとした情報を仕入れたのだが、もはや話せる雰囲気ではなくなってしまった。

「あ、そうそう須美ちゃん。わたしもあの写真について考えてみたのだけれど、クロークに預けてあった間に、わたしのコートから落ちたと思ったスタッフの方が、間違えて入れてしまったんじゃないかしら」

「あ、それはありうるかもしれませんね」

和子の推測は、自分の怪しい取引説よりずっと説得力のある考え方だと須美子は感心した。

「今度の日曜が例の合唱フェスティバルの最終日だから、それまでに『北とぴあ』へ落とし物として届けてくるわ」

「それでしたら、わたしが届けて参ります」

「そんな悪いわよ」

「いえ、あちらの方面にちょうど用事がありますので」

「……そう？　じゃあ、申し訳ないけれど、お願いね須美ちゃん」

和子は須美子が気を利かせてついた嘘に気づいているようだったが、すんなり任せてくれた。

浅見一家の夕食が済めば、須美子の一日の仕事もほぼ終わったようなものだ。

後片付けの手を忙しく動かしながらも、あの三枚の写真を誰がなんのために和子のコートに忍ばせたのか、その謎がサビだけ覚えたCMソングのように、繰り返し須美子の頭の中で駆け巡っていた。

和子はスタッフの手違いだと言っていたが、よくよく考えるとどうもしっくりこない。このコートから写真が落ちたという確証がなければ、クローク係は間違いが起こらないように、預かったコートを返す際、お客に写真を確認するのではないだろうか。

考え事をしながらダイニングテーブルを拭いていると、「須美ちゃん、あとで部屋にコーヒー、頼めるかな」と光彦がドアから顔を覗かせた。

「はい、かしこまりました」

「おや、なんだかまた難しそうな顔をしているね。深刻な悩みごとだね？」

「え、どうして——」

そう言いかけて須美子は、光彦がニヤニヤしているのに気づき、鎌をかけられたと覚《さと》った。

「もし、明日のメニューに悩んでいるのならハンバ……」

「いいえ、坊っちゃま。今日がお肉料理でしたので、明日は焼き魚です」

最後まで言わせず、須美子が明日の夕食を予告した。

「お肉料理って、どっちかっていうときんぴらの方がメインだったじゃない。おととい だって鰤の照り焼きにひじきの煮物だったし、なんだか魚屋さんに肩入れしすぎな気がするけど……」

「そんなことありません」

実際は先日、落ち込んでいた磯川を見かねて、いつもより海の幸の比率が多くなってしまったのだが、須美子は表情を変えずに否定した。

「ふーん。でも、今日は鶏肉だったから、明日は豚か牛なら……」と提案する光彦に、

「皆様のご健康のためにも、メインにお肉や油物が続かないように決めているのです」と、須美子は正当性を主張した。

「常に法度の多きは宜しからず、というけどねえ」

「……なんですか、それ？」

「真田昌幸《さなだまさゆき》の言葉さ。いま書いている原稿に出てくるんだけど、『常にたくさんのルールで縛りつけるのは良いことではない』という意味だよ」

「……わたしはそんなにたくさんのルールなんて、作っていませんよ」

「ははは。まあ、たまには肉料理の日が続いても、僕はいいと思うけどね」

光彦はもう一度ニヤッと笑ったあと、「何事も難しく考えないのが一番だよ。シンプルイズ ベストさ」と、意味深長な言葉を残して、二階の自室へと引き揚げていった。

「シンプル……」

コーヒーメーカーをセットしながら、須美子はまた写真の出所について頭をひねった。

光彦の言葉どおりシンプルに考えれば、和子のコートに触ることができた人物は少ない。須美子はコーヒーのドリップを見つめながら、あの日の行動を最初から思い起こした。

和子と挨拶を交わしていた中西夫人と古平夫人はどうだったろうか。中西夫人は和子の体に触れていたと思うが、和子はあのときすでにコートを脱いでいたはずだ。手にしているコートのポケットに、本人に気づかれずに写真を忍ばせることなんて、到底できるとは思えない。それに、中西夫人がそんなことをする理由が、須美子には想像もつかなかった。

その後、和子と接点があったのはサングラスの女性だが、ぶつかったときにはもうコートはクロークへ預けたあとだから、写真を入れるチャンスはなかったはずだ。

(ん? クローク……!)

『——クロークに預けてあった間に、わたしのコートから落ちたと思ったスタッフの方が、間違えて入れてしまったんじゃないかしら』

和子はそう言っていた。

だが、もう一つ可能性があるではないか。クロークの職員が間違えて入れたのではなく、なんらかの目的を持って入れた場合だ。

和子の言うとおりクローク係の女性も、コートに写真を入れることができた一人であり、和子のコートに疑われることなく触れることが可能だ。ただ、偶然でないとしたら、中西夫人同様、そんなことをする理由が須美子には思いつかない。

（そういえば——）

不意にクロークで和子からコートを預かっていた職員が、休憩時間に突き飛ばされて転んだ小柄な女性と同一人物だったことに気づいた。

（……あっ！　もしかして、あのお爺さんが言ってたのって——）

須美子は和子に話せなかった瀧野川八幡神社での出来事を思い返した。

＊

赤いハイヒールの女性と画家の親子の背中を見送ったあと、須美子は保育園のフェンスまで下がって鳥居を眺めた。

なんとなく部屋においておくのがためらわれ、ポシェットに入れてきた例の写真を取り出して見比べてみるが、目の前の風景とはずいぶん雰囲気が違っている。

写真の参道は全面に草が生い茂っており、屋根の付いた鳥居に神額が掲げられている。

一方、ここは二本の太い柱の間から奥へ向かって美しく手入れされた石畳の参道が続いている。そもそも鳥居には神額が付いていない。試しに両手でLの形を組み合わせ、写真の構図を切り取ってみるが、似ているところさえ見つからない。

この場所で撮られたのだとすると、撮影後、鳥居が作り直され、参道が整備されたことになる。写真はずいぶん前に撮られたということだろうか。

（結局、何も分からないままね）

そう思いながら鳥居を見上げていると、「こんにちは」と声をかけられた。声のした方向に目を向けると、老人がにこにこしながら立っている。

「あ、こんにちは。あの、こちらの神社の方でいらっしゃいますか？」

須美子がそう訊いたのは、白く長い髭に温厚な顔立ちが威ありて猛からずで、神社に似合っていたからだ。

「はっはっは、いや、わしは近所に住んでいるただのじじいじゃよ」

老人は豊かな顎髭を撫でた。

「すっ、すみません！　わたしったら、早とちりで」

「いやいや、このとおり、髭だけは立派じゃからな」

「……あの、昔からこの近くにお住まいですか？」

「おおそうじゃよ。無駄に歳ばかりとって、先月、米寿を祝ってもらっての」

「えっ！」

須美子は驚きの声を上げた。とても九十近い歳には見えない矍鑠《かくしやく》とした老人だ。痩せて、杖をついてはいるが、そんな物は必要なさそうなくらい足腰もしっかりしている。滑舌も良く、耳も遠くないらしい。

「あの、この写真はこちらの八幡神社の昔の風景でしょうか」

須美子が遠慮がちに差し出すと、老人は「どれどれ」と鷹揚にうなずいて、写真に目を近づけたり離したりした。

「いいや、ここじゃないわなあ」

「じゃあ、赤羽の八幡神社かしら……」

須美子が小声で言ったのを聞き逃さなかった老人が、「八幡さまのことならわしは詳しいぞ。赤羽だけじゃのうて、田端など、北区だけでもいくつもあるが、こんな風景の八幡さまはこの辺じゃ見たことがない」と言い切った。須美子が目を見張ると、まあ、わしの生まれる前のことは知らんがの――と言ってから、しわくちゃな顔で笑った。

老人の生まれる前と聞いて、須美子は少なからず困惑した。そんな古い写真が、どういう理由で和子のポケットへ入れられたのか、いっそう分からなくなった。

「しかし、最近はこういう、寺社を訪ね歩くのが流行しておるのかのう。このあいだも、そこであんたと同じようなポーズをしとった女性がおったなあ」

(もしかして――)

老人がのんびりした口調で言うのに、須美子は素早く反応した。

「その女性ってこれと同じ古い写真を持っていませんでしたか?」

この事件とどう繋がっているのか、須美子は自分でも分からなかったが、気づけばそんな質問が口をついて出ていた。

「さあて、どうじゃったかなあ」

「……そうですか。あの、その人について、何か覚えていらっしゃることってありませんか?」

須美子は気を取り直して再度、老人に問いかける。

「そうじゃなあ、あんたよりは年輩の、多分、四十代くらいの女性じゃったとは思うが、なにぶん、年季が入った頭じゃて……お、そうじゃ、年季が入ったといえば……」と、言葉を止めた。

須美子は幾ばくかの期待をこめて続きを待った。

「……ありゃ、なんじゃったかな、何を言おうとしたか忘れてしもうたな。たしか細くて小っこい体に不似合いな……ダメじゃ思い出せんわ」

老人は頭をポリポリとかいて、歳はとりたくないのうと笑った。

＊

そのときの須美子には、特に思い当たる人物はいなかったのだが、今はもしかしたら——と一人の女性の姿が頭に浮かんだ。

老人が言った女性のイメージは、ロビーで転んでしまったクローク係に当てはまる気がした。だからといって、それがすぐさま事件解決に結びつくかどうかは分からない現状では、彼女に直接、問いただすことはためらわれるのだが——。

（よおし、まずは他の写真も調べてみるべきよね）

鼻孔をくすぐる芳ばしい香りに気づき、須美子はとうに出来上がっていたコーヒーを慌ててカップに注いだ。

6

土曜と日曜は自由に過ごすようにと雪江からも言われているのだが、須美子は自ら頼んで、簡単な食事の用意と、天気のいい日の洗濯だけはすることにしている。食事はどうせ自分の分を作るのだし、七人分の洗濯物は溜めるとあとが大変だからだ。

それでも、それ以外の時間はキッチンの奥にある自室で本を読んだり、近所を散歩したりして過ごすことが多かった。

昼食の片付けを終えた須美子は、和子から預かった三枚の写真を持って、「ちょっとお散歩してきます」と、寒空の下へ踏み出した。

外出の本当の理由を言えば、和子に止められるかもしれない。いや、絶対に止められる。

和子にしてみれば、義弟の光彦が趣味の探偵ごっこに熱中することで、姑の機嫌が悪くなるのでさえ閉口しているのに、それに加えてお手伝いの須美子までが忌諱《きい》に触れるようなことをしては、たまったものではないはずだ。しかもきっかけを作ったのは和子自身なのだから――。

(申し訳ございません若奥様。でも、絶対に危ないことはいたしませんので)

須美子はもはや写真の持ち主と、その人物が和子のコートに写真を入れた理由を、突き止めずにはいられない心持ちになっていた。最初は、写真の真意が分からず怯えていた和子のために、何か役に立てたらと思っていたが、考えるうちに、自身の好奇心を満足させるための調査に移行しつつある。

(これじゃまるで、光彦坊っちゃまみたいじゃない……)

反省しつつも一方では、殺人事件だとか、警察の捜査に関係するようなことではないし、浅見家にご迷惑をおかけしないよう注意すれば大丈夫よねと自分を納得させながら、須美子は最初の目的地に向かった。

先日、和子と歩いた道を辿り、須美子は王子神社を目指した。都電の線路を渡り、音無《おとなし》橋《ばし》の交差点で信号を渡る。明治通りを逸れて音無橋を渡ればすぐそこだ。

王子神社の大きな社号標の脇で足を止めると、立派な大鳥居を正面に臨む格好になった。

その奥には見事な緑青の屋根をたたえた社殿が見える。須美子は写真を取り出して確認するも、すぐに風格からして目の前の風景とはまったく違っているのが分かった。

「境内のどこかに写真の場所があるのかもしれないわね」

須美子は拝殿の前まで行って柏手を打って頭を垂れ、持ち主が見つかるようにと写真を両手に挟んで祈った。

「あら？」

見上げると、写真の中の社殿に写っている神額がここにはないことにも気づいた。

その後もしばらく、あちらこちらと境内を歩き回ってみたが、写真の構図に見合う場所を見つけることはできなかった。

諦めて引き返す途中、参道脇に由緒板を見つけた。

元亨《げんこう》二年、豊島氏が紀州熊野三社より王子大神を勧請して「若一王子宮」としたことから、この地が王子という地名になったのだそうだ。王子神社は先の戦争でほとんどを焼失し、戦後に現在の壮大な権現造りの社殿を再建したとあるので、写真が戦前のものという可能性は否定できない。

「ここも、ずいぶん昔の風景なのかもしれないわね」

気持ちを切り替え、須美子は次の目的地「七社神社」へ期待を込めた。

王子神社から歩いて十分ほど、実は浅見家からは本郷通りを渡るとすぐの場所にあるのだからそちらへ先に行けば良かったのだが、滝野川警察署のすぐ脇にあるため、なんとなく敬遠する気持ちが働いていた。

本郷通りを飛鳥山公園に沿って歩き、途切れたところで細い路地に入れば神社へは近道だが、須美子はわざわざ近寄りづらい滝野川警察署脇の表参道へと迂回した。参道入口に道路を跨ぐようにして一ノ鳥居があるのを思い出したからだ。

「うーん、ここも今の景色とはずいぶん違うのね」

ポシェットから取り出した写真を掲げ、目の前の風景と比較してみるが、まるで違う場所のような気さえする。

ただ、一つ発見もあった。あらためて見ると写真は須美子の目線よりかなり低い位置から撮られている。それは他の二枚の写真も同様で、ただ単に少し屈んで撮影しただけかもしれないが、子どもが撮影すると、きっとこの高さだろう——と須美子は思った。

参道は車も通る一般道で、そこを進むと、神社の敷地の入口に二ノ鳥居がある。まだしもここのほうが写真の鳥居とは近いが、現在の鳥居は石造りなのに対して、写真は屋根のついた木造建築で、四本の組み木で支えられている。ただここも、写真が撮られたあとに建て替えが行われた可能性はあった。

須美子は一ノ鳥居と同じように深々と頭を下げてから二ノ鳥居をくぐった。

本殿に額《ぬか》ずき、一呼吸おいて見上げると、渋沢栄一《しぶさわえいいち》翁の揮毫《きごう》だという社号額に絢爛豪華な印象を受ける。写真は鳥居がメインの被写体になっており、本殿は見切れているので、あまりはっきりしたことは分からないが、目の前にある立派な建物とは違っているような気がする。

「あの、すみません……」

須美子は境内の奥にある授与所を訪《おとな》い、そこに坐っていた巫女姿の女性に訊ねた。

「この写真なんですが、以前の七社神社の写真でしょうか？」

女性は時ならぬ客に戸惑った表情を浮かべ、「少々お待ちください」と奥へ引っ込み、すぐに白衣に紫の袴を着けた神主を連れて戻って来た。

須美子が差し出した写真を受け取った神主は、しげしげと眺めたあと、「これは、うちではありませんね」ときっぱり言い切った。「ほら、ここ、『七社宮』と書いてあるでしょう。うちの社号額は、ここへ遷座された当時からずっと『七社神社』のはずです」

「あっ！」

須美子は己が不明に愕然とした。

八幡神社、王子神社と、身近な神社の名前を見ていたから、勝手に七社宮も七社神社と同じものだと勘違いしていた。先ほどもじっくり時間をかけて鳥居を見上げていたはずなのに、その形骸にばかり気を取られて、恥ずかしいことに社号が違っているとはまったく気づかなかったのだ。

ショックに陥っている須美子を気の毒に思ったのか、神主はフォローするような調子で言葉を続けた。

「この七社神社は、明治二年に、もともとここにあった一本杉神明宮の境内へ遷座されてきましたので、その前の鳥居のことは分かりませんが……でも、やはり七社宮ではなかったと思いますけどねえ」

神主は「お役にたてず申し訳ない」と、須美子に写真を返した。

「……あの、お恥ずかしいのですけど、宮と神社では何が違うのでしょうか？」

「ああ、それはですね――」

神主によると、神社も宮も、それに神宮や社も、すべて神様をお祀りしている神社の社号なのだそうだ。「ひと言で言えば格の違いのようなものです」とあまりにあっさりした説明だった。

「具体的にはどう違うのですか？」

食い下がる須美子の斜め後方から、ご朱印帳をもった女性が近づいてくるのが見えた。神主は「ちょっとお待ちくださいね」と言い置いて、授与所を最前の女性に任せ、わざわざ外へ出て来てくれた。

「お待たせしました。ええと、神社の格の違いというのはですね、いろいろ例外もあり難しいところではあるのですが、基本的には神宮が一番格が高いと考えていただいていいかと思います。皇室の祖神である天照大神や、歴代天皇を祭神としてお祀りしている、特別な由緒を持つ神社です。たしか全国に二十四社だったかな。たとえば天照大神をお祀りしている伊勢の神宮や、桓武天皇と孝明天皇をお祀りしている平安神宮、明治天皇をお祀りした明治神宮などはご存じでしょう」

須美子はこくりとうなずいた。

「それから宮《ぐう》は、皇室の皇子や皇孫を祭神とする神社ですね。たとえば後醍醐《ごだいご》天皇の皇子の護良《もりよし》親王がご祭神の鎌倉宮などがそうですが、ややこしいことに徳川家康《とくがわいえやす》公を祀った東照宮や、菅原道真《すがわらのみちざね》公を祀った天満宮なども同じ宮なのですよね。そして、大社はその名の通り大きな神社です。もともとは大国主命《オオクニヌシノミコト》を祭神とする出雲大社のことでしたが、系列の頂点に立つ神社——つまり、諏訪神社の本源である諏訪大社とか、稲荷神社の本源が伏見稲荷大社とかで、平安時代に決められた社格制度で上位の神社が大社と名乗れるのです。ただ、出雲大社以外は戦後に大社と社号を改めたのだと聞いております。最後に神社ですが、これは特に決まりはなくて、一般の神社に対する社号で、ナントカ社というのは神社の略称だと思っていただければ結構です。あ、念のため付け加えておきますと、神社というのは神道の神様を祀っている施設の総称でもありますから、神宮も宮も大社も、すべてひっくるめた場合も神社と言います」

細く息を吐いて、須美子は頭の中を整理した。

「なるほど……よく分かりました。ありがとうございました。あの、厚かましいお願いですが、こちらの神社のご由緒も教えていただけませんか」

「ええ、もちろんいいですよ。ただ、一七九三年、徳川十一代将軍家斉《いえなり》の時代の火災により史料が焼失してしまったので、詳しいことは分からないのですが。少なくとも江戸中期以前の創建ですよ」

「そうですか。あの、ちなみにこちらの七社神社さんは、先ほどおっしゃっていた『稲荷大社』のように本源の大社はないのですか？」

「え？　ははは、もしかしたら七社神社や七社宮というグループだと思っておいでかもしれませんが、七社神社も七社宮も、七柱の神様をお祀りしているという意味で、それぞれご祭神が違うのですよ。ここは、伊邪那岐命《イザナギノミコト》、伊邪那美命《イザナミノミコト》、天児屋根命《アメノコヤネノミコト》、伊斯許理度賣《イシコリドメノ》命《ミコト》、市寸島比賣命《イチキシマヒメノミコト》、仲哀《ちゅうあい》天皇、応神《おうじん》天皇の七柱の神様をお祀りしています。七社以外にも三社、四社、十二社なんていうのもありますが、それぞれ別の神様をお祀りした個々の神社なのですよ」

深くうなずいて、「とても勉強になりました」と丁寧にお礼を言いながらも、須美子は心中かなり落胆していた。全国にたくさんあるのでは、この写真の場所を探しようがない。

「そういえば、少し前にもそんなことを訊かれた方がいらっしゃいましたから、皆さん、同じ疑問をお持ちのようですね」

「え、本当ですか？　それはいつ頃ですか？　訊ねた方は小柄な女性で、この写真を持っていませんでしたか？」

矢継ぎ早な質問にたじろぎながらも、神主は記憶を辿ってくれた。

「ええっと、よくは思い出せませんが、そうですね……ああ、確かに小柄な女性でしたね。そうそう、あれはお祭りの日じゃなかったかな。写真は持っていなかったと思いますが、珍しいカメラを首から下げた小学生か中学生くらいの、お母さんより背の高い男のお子さんがご一緒でしたね」

「その方は他に何か言っていませんでしたか？」

「うーん、最近、近所に引っ越してきたとおっしゃっていた気がしますが、それ以上は……あ、そうだ！　そういえば、『不思議な繋がりがある』――と言ってましたね」

「不思議な繋がり？」

「ええ、わたしにというより独り言だったようですので、どういう意味かは分かりませんが」

「そうですか……」

神主が授与所の中の時計に目を走らせたのに気づき、須美子は慌てて「あ、お忙しいなか色々とお聞かせいただきありがとうございました」と頭を下げた。

「いえ。それではわたしはこれで」

神主はようやく質問攻めから解放されると思ったのか、ほっとしたような表情を見せた。去って行く神主の背中を見つめながら、須美子は顎に人差し指を当てて考える。

（結局、どこも写真とは違う風景だった……）

王子神社と八幡神社は今とは異なる『昔の風景』なのかと思っていたが、七社宮は完全に別の神社だということが判明した。

となると、残りの二つもどこか別の神社のような気もする――。

（日本中の神社を探すのはわたしには無理よね……）

須美子の心を映すように、冬の太陽が西の空高く、疲れたようにへばりついていた。


須美子は七社神社を出て、再び本郷通りを進み平塚亭へ向かった。夕食の準備には間があったので、お団子を買って商店街へと足を延ばしてみようと思ったのだ。

売り切れになっていることが多い土曜の午後の平塚亭で、狙っていたあんこの串団子を買うことができ、少しだけ須美子の気持ちは軽くなった。

商店街は、休業している店も散見されたが、育代が一人で営む花春は、基本的には不定休だ。花が終わってしまえば早くても店を閉めているし、育代の都合がつけば、開店前や閉店後でも対応してくれる。育代がたまに配達を頼まれたりすると、近所の人が店番をしていることもあった。

「いらっしゃい、須美ちゃん。あらっ！」

育代は満面の笑みで須美子を迎え、須美子の手にある平塚亭の包み紙を見るやいなや、いそいそとお茶の準備を始めた。

花春のテーブルには、このあいだのパンフレットがまだ置いてあり、今日も変わらず快晴の空に大きな建築物が聳えていた。育代はこうして何度も楽しかった日を反芻しているのかもしれない。

（たしか『アオキクミコ』よね）

先日、覚えたことを心の中で復唱しながら、須美子はふと「北とぴあ」であのクロークの女性が落としたキーチャームを思い出した。

（あれも五輪の形だったわね……あれ？）

しかし、須美子の脳裏に浮かんだキーチャームの輪は同じ数なのに、五輪とは微妙に配置が異なっている。五輪は上に三つ、下に二つが中央寄りにバランスよく配置されているが、キーチャームは下の二つの輪が左端に寄っていて、右下がぽっかり空いていた。

（あれ？　なんでかしら……）

このあいだは気にも留めなかったことに、須美子は急に違和感を覚えた。

リリアンで編まれた物だったから、歪んで見えたのだろうか。いやしかし、よく考えたら五輪のマークは隣接する輪が重なり合っているけれど、キーチャームは接着箇所はごくわずかで、重なっているというより、端っこだけが繋がっている印象だった。

ふと須美子の頭に、七社神社で聞いた『不思議な繋がり』という言葉と合わせて、なぜか『常に法度の多きは宜しからず』という光彦の言葉が浮かんだ。

すぐにはそれが何を意味するのか分からなかった須美子だが、次の瞬間には、「違うわ！」と思わず鋭い声を出していた。

「あ、ごめんなさい須美ちゃん。その包み紙、お土産かと思って勝手に期待しちゃって……」

お茶を載せたトレーを持ったまま育代が体をすくめている。

「えっ？　あ、す、すみません育代さん。違うんです……あ、えっと違わないけど、とにかく、お団子は育代さんと一緒に食べようと思って買ってきたんです！」

須美子が醜態をかき消すように、大げさな音を立てて包み紙を破くと、仲良く四つ繋がった、あんこたっぷりのお団子が顔を覗かせた。

7

「あら、おかえりなさい、須美ちゃん」

浅見家に戻るとリビングで編み物をしていた和子が、いつもの温和な口調で微笑みかけた。

「若奥様！」

須美子は帰宅の挨拶も忘れて駆け寄り、「中学生のとき、信州の温泉旅館で夏を過ごしたとおっしゃっていましたよね」と詰め寄った。

「え、ええ……」

和子はたじろいで、目を白黒させながら肯定の意思を示した。

「それって、上田ではありませんか？」

「ええ、そうよ。上田の別所温泉。でもどうして分かったの？」

須美子が三枚の写真を扇形に広げてみせると「……あ！　思い出したわ。その写真、全部、上田の風景よ！」と、和子にしては珍しく取り乱した大声を出し、編み棒を取り落とした。

「やっぱりそうだったんですか……」

「八幡神社に王子神社……正式にはたしか八幡大神縣社に氷上王子神社って言ったと思うけど、それに七社宮――。そうよ、どれも上田にある神社よ。三十年前、中学二年の夏、仲のよかったお友だちに連れて行ってもらった場所なの。この八幡大神縣社ね、本殿まで行ってみたら、反対側から入っていたことに気づいたのよ。正面から入る道のほうが分かりづらい場所にある、珍しい神社だったわ……」

視線を写真に向けたままの和子は、遠い夏の日の記憶を語り出した。

「わたしが中学二年生の夏、体調の悪かった祖父が上田の別所温泉で静養することになってね。夏休みだったから、わたしも祖父母についていったの。そのころ、日本史にとても興味があったし、夏休みの自由研究に別所温泉の歴史を調べればちょうどいいと思って、はりきって出掛けたわ――」

別所温泉は信州最古、日本最古とも言われる由緒ある名湯で、日本武尊《ヤマトタケルノミコト》の東征の折に発見されたともいわれ、多くの伝説が残されているのだそうだ。

「滞在した旅館には住み込みの石山《いしやま》さんという仲居さんがいて、その方のお嬢さん、佳苗《かなえ》ちゃんがわたしと同い年だったの。わたしより十センチ以上も背が低かったから、最初は小学生かと思ったのよね。ふふ」

懐かしそうに目を細めてから、和子は続けた。

「それでね、佳苗ちゃんはわたしと仲良くしてくれて、自由研究の史跡巡りにも、ぜんぶ付き合ってくれたの。……というより、佳苗ちゃんが道案内してくれて、わたしはくっついて自転車を漕いでいるだけだったけど。一か月間の滞在中、毎日、朝から晩まで一緒にいて、午前中は二人で宿題をして、午後は合唱曲を歌いながら自転車であちらこちら史跡を走り回ったわ……。佳苗ちゃんは、わたしが史跡の由緒書きをノートに書き写す間、いつも首から提げたライカっていう年代物のカメラを覗いていたわね。おじいちゃんからもらったんだって、とっても大事にしていたわ。でもね、お母様がとてもご苦労なさってる方で、お金がかかるからってフィルムは入ってなかったの……」

（……！）

須美子は瀧野川八幡神社で老人が言いかけた言葉を思い出した。『お、そうじゃ、年季が入ったといえば……』の続きは、『カメラを持っていた』ではなかっただろうか。そして、七社神社の神主が言っていた、一緒にいた子どもが首からぶら下げていた珍しいカメラというのも、もしかするとこのライカのことかもしれない。

和子が遠い目をしたので、須美子は黙って続きを待った。

「彼女が構えたファインダーを覗かせてもらったことがあったのだけれど、とても不思議な感じだったわ。目の前の景色が魔法をかけられたみたいに別世界に見えてね。佳苗ちゃんも地元の生まれではなかったんだけれど、郷土愛に溢れていて、このカメラを使って『ふるさと』をテーマにした写真を撮って、いつかフォトコンテストに応募するんだって言ってたわねえ。もしかしたら今頃は、プロのカメラマンになっているかもしれない……。あ、そうだわ！」

長いモノローグを終えて、和子は突然ソファーから立ち上がった。

「ちょっと待っててね」と須美子に言い置いて自室から一枚の写真を持ってきた。

色あせてはいるがそれはカラー写真で、中央に麦わら帽子が載せられた古そうな石碑がある。その両脇に日焼けした二人の少女が、これ以上ないほどの笑顔でこちらを見つめていた。

「……これって若奥様ですか」

須美子は一人の少女をしげしげと眺めた。

「ふふ、恥ずかしいんだけど、中学二年生のときのね」

真っ白な素肌の今の和子からは別人に思えるほど二人とも小麦色に焼けているが、右側の少女の整った顔立ちには和子の面影があった。

「こちらの方が佳苗さんですか？」

「ええ、そうよ」

和子が言っていたとおり、同い年には見えない身長差だった。

「東京に戻ってから、別所の旅館にこの写真を送ろうと思って何度か手紙を書いたのだけど、『あて所に尋ねあたりません』っていうスタンプが押されて返送されてきてしまったの。夏休みが終わってすぐ、佳苗ちゃんも引っ越してしまったのかもしれないわね」

和子は淋しそうに、そして愛おしそうに、須美子の手の中にある写真を撫でた。

「あ、若奥様、ここって……」

須美子は石碑に書かれた文字を指さす。

「え？　あらっ！　これも不思議なご縁だわねえ。でもこれも信州なのよ」

「へえ、偶然ですね。……あっ、これって⁉」

とても小さく、色も少し違っているが、須美子は写真の少女が首から提げたカメラに、見覚えのある飾りがぶら下がっているのを見つけた。

(やっぱり！　間違いないわ)

須美子は驚き、興奮を隠せなかった。

「そう、それが佳苗ちゃんが大切にしていたライカよ」

和子は須美子の驚きの理由を勘違いしてのんきに答え、ついでのように須美子に向き直った。「ところで、須美ちゃんはなんで上田だって分かったの？」

「それはですね――」

手短に推理の過程を説明すると、直後に和子は須美子が最も聞きたくなかった言葉を発した。

「すごいわ須美ちゃん。まるで光彦さんみたいな名探偵じゃない！」

8

今日が「懐かしの合唱フェスティバル」の最終日だ。日曜ということもあって、「北とぴあ」のロビーは大勢の人で賑わっている。

さくらホールで開演五分前のアナウンスが流れると、ロビーに溢れていた客たちが、一斉に会場へと吸い込まれて行く。残ったのは職員たちだけだ。

和子は受付にいた係の女性に声をかけ、手が空いたらクローク係の「佳苗さん」を呼んでくれるようにと頼んだ。

須美子から子どもがいると聞いていたので、今の苗字は石山ではないかもしれないと思い下の名前を告げたのだが、少し怪訝な顔をされた。

二分と経たず、和子より二十センチ近くも背の低い女性が訝しむような目をして現れた。

「こんにちは。……あの、佳苗ちゃん、よね？」

「！……」

和子に名前を呼ばれ、佳苗は一瞬嬉しそうな顔をしかけたが、すぐに困ったような、怯えたような表情を浮かべた。

「先日は気づけなくてごめんなさい。あの、これ……」

和子は手に持っていた三枚の写真を差し出した。すると佳苗は観念したように「ああ……」とだけ言って、また黙ってしまった。

あまりに長いこと沈黙したままだったので、和子がそっと手を伸ばして「あの……」と声をかけようとすると、佳苗は弾かれたように顔を上げ「今、仕事中なんです」と言葉を切った。

突然、訪ねてきてしまい、やはり迷惑だったろうか——と、和子が謝ろうと思ったところへ、「もう少ししたら休憩に入れると思いますので、向こうの喫茶店で待っていてくれますか？」と、和子の後ろを指さした。佳苗の顔には、子どもの頃の面影と、老成し憂いを帯びた表情とが織り交ざっていた。

店員が運んできてくれたミルクティーに口をつけながら、和子は来ない方がよかったのかもしれないと後悔し始めていた。

やがて、カップの底が見えるころになって、ぎこちない笑顔の佳苗が入口に姿を現した。

「佳苗ちゃん、ごめんなさいね、お仕事中なのに押しかけてしまって」

和子が立ち上がろうとするのを恐縮したように両手で押しとどめ、佳苗は「こちらこそ」と駆け寄ってきた。

コンサートが始まったせいか、喫茶店の中は閑散としている。

和子の向かいに坐った佳苗が店員にコーヒーを注文し終えると、二人の間に沈黙が流れた。

何を話せばよいのか互いに逡巡する時間が過ぎ、どちらかが口を開くより先にコーヒーが運ばれてきた。

ミルクを入れてくるくると、それ以上混ざらないだろうにというほどスプーンを動かしてから、佳苗が意を決したように口火を切った。

「和子ちゃん……て、呼んでもいいのかな」

「ええ、もちろん。わたしも佳苗ちゃんって呼ばせてね」

「うん。……あのさ、和子ちゃん、すごい家の奥様なんだよね」

淋しそうに伏し目がちに笑う佳苗が、先ほどからずっと視線を合わせようとしないのが、和子には気がかりだった。

「そんなことないわよ」

「でも、このあいだ、クロークの前で年輩の女性から言われてたじゃない。警察庁刑事局長の奥様だって」

「ええ……それはそのとおりだけど」

険のある佳苗の言い方に和子は戸惑った。佳苗は何を言おうとしているのだろうか、という疑問と不安が、和子の胸中で渦巻く。

「わたしなんか、住む世界が違い過ぎるわよね」

「………」

およそ三十年ぶりの再会だ。心の中では、手を取り合って「久しぶり」と笑い合えると思って、和子はここへやってきた。しかし、佳苗にとってこの再会は、そんな単純なものではなかったのかもしれない。

あの頃も、決して裕福とは言えない環境に置かれていた佳苗は、きっとその後も、楽ではない半生を送ってきたのだろう。和子は、佳苗の歩んできた道のりに思いを馳せた。

――と同時に、自分のこれまで誰にも言ってこなかった苦労の数々も、胸に蘇る。

「わたしと佳苗ちゃんが友だちだということに、夫も家も関係ないでしょ。だってわたしはわたしだもの」

和子の言葉に恐る恐る視線を上げた佳苗は、力強く笑った和子と目が合って、ハッとした顔になった。

「……ごめん、ごめんね和子ちゃん。わたし、自分がずっと惨めな人生を送ってきたような気がして……ちょっと卑屈になっちゃった。和子ちゃんだって、ううん、きっと和子ちゃんのほうが、もっとたいへんな毎日だったかもしれないのに……」

語尾が揺れ、佳苗はカバンから取り出したハンカチを両目に強く押しあてた。

「ううん、佳苗ちゃんは、あのときから、わたしよりずっと頑張ってた。……あの夏、真っ暗になるまでお寺や神社を案内してくれたわよね。わたしなんかあのとき、佳苗ちゃんに頼りきりで、ついて行くばかりだったもの。あ、でもお風呂で日焼けした体がヒリヒリして泣きそうだったのは、頑張って我慢したかな」

「ふふ」

洟をすすりながら佳苗は笑った。

「ねえ佳苗ちゃん、この写真、あのとき一緒に行った場所よね」

和子は三枚の白黒写真を、あらためてテーブルの上に並べた。

「あ、憶えていてくれたの？　これ、和子ちゃんが東京へ帰ったあと、お母さんが誕生日にフィルムを買ってくれて、いつか東京の和子ちゃんに記念に送ろうと思って撮りに行ったんだけど、色々あって送れなくて……」

佳苗の言葉に続きがありそうだったので、和子は黙って冷めて底に残ったミルクティーを口に運んだ。

「……和子ちゃんが帰ったあとね、一週間もしないうちに父が旅館に乗り込んできたの。身内の恥なんだけど……わたしの父、今でいうＤＶ男でね。母はわたしが小さいころから、住み込みの仕事をしながらわたしを連れて逃げ回っていたの。わたしの学校の手続きとかで居場所がバレちゃっていたのかな……。それでね、取るものも取りあえず逃げ出したから和子ちゃんの連絡先も分からなくなっちゃって。この写真を現像できたのも高校で写真部に入ってからだったし……。母が入院して、わたしは高校を中退して働いて、結局その後も『流浪の民』だったのよね……」

「………」

あの夏、一緒に歌った曲名を言って佳苗は自虐的に笑ったが、和子はかける言葉が見つからなかった。

「あ、ごめんね、和子ちゃん。もう昔の話だから、そんなに深刻にならないでね」

「……いまは、どうしてるの？」

「両親ともずいぶん前に亡くなったわ。わたしは二十九のときにバイト先で出会った今の夫と結婚して、子どもが生まれて。去年の春、息子が中学に上がるタイミングで夫が東京に転勤になって、こっちに引っ越してきたの。まあ、その夫も万年平社員だし、結局、今も生活はカツカツだけどね。でも幸せよ」

　そういって舌を出した香苗は、あの夏に見た和子の大好きな少女の顔をしていた。

「そうだ。この写真、勝手にコートのポケットに入れてごめんなさい……」

　佳苗は背筋を伸ばし、あらたまった姿勢で謝罪した。和子は佳苗がそうした理由をすでに理解しかけていたが、あえて「どうしてなの？」と優しく訊ねた。

「……このあいだ、クロークのところで、お祖父様が設楽さんで日銀の重役だって言ってる人がいたでしょう。そこでハッとしたの、あ、和子ちゃんのことだって」

「それで、わたしのことって分かったの？」

「うん。あの夏にね、仲居さんたちの間で、日銀のお偉いさんが静養しているって噂になってたから。母から、お孫さんに失礼のないようにって言われて、最初は身構えてたんだけど、和子ちゃん、普通に接してくれたでしょう。だから、そのうち、そんなことも忘れて、設楽和子ちゃんっていう、ちょっと珍しい苗字のお友だちにしか思わなくなっちゃった」

「……佳苗ちゃん」

和子は万感の思いを込めて親友の名を呼んだ。

「それでね、クロークのカウンター越しに顔を見たら、ああやっぱり和子ちゃんだって、すぐに分かった。でも、コートを預かるときに声をかけようとしたら、和子ちゃんずっと俯いていたから……」

「あ……」

そのときのことを思い出し、和子は「ごめんね」と謝った。中西夫人との挨拶で周囲に迷惑をかけ、クローク係にも合わせる顔がないと恥ずかしかったのを、嫌というほど思い出した。

「ううん。それで帰りにこの写真を見せて話しかけようと思って、休憩時間の間に家に取りに帰ったんだけど……」

そこで一旦、言葉を止め、佳苗はコーヒーに手を伸ばした。和子もつられて、カップに手を伸ばしかけたが中身は既に空っぽで、手持ちぶさたにカップの位置を直した。

「……家から戻ったら、休憩中だったスタッフの間で和子ちゃんの話が出ていたの。旦那さんが刑事局長で、お祖父さんが日銀の重役ですって、住む世界が違うわね――って。それで、急にわたし、引け目を感じちゃって……。でもね、それでもわたしのことを思い出してほしくって、気がついたら、和子ちゃんのコートに黙って写真を入れてしまっていたの……本当にごめんなさい」

佳苗はカップを置き、また頭を下げる。

「ううん。この写真があったから、こうしてまた佳苗ちゃんと話せたんだもの。ねえ、この三つの場所って、北区にも同じような名前の神社があるのよね」

「そうなの！　上田と北区と同じような場所がたくさんあることに気づいたら、不思議な繋がりを感じちゃって。それで、和子ちゃん憶えてるかなって……でも、あとで考えたら、和子ちゃんがあの神社を忘れてたら、かなり気味が悪かっただろうなって反省した」

「ふふふ、ちゃんと憶えていたわよ」

実はすぐには思い出せなかったと言えず冷や汗をかきながら、「そうそう」と和子はハンドバッグからもう一枚の写真を取り出した。

「あ、これって……」

「夏の終わり頃、迎えに来た父が一泊するっていうから、車で一緒に白樺湖へ連れて行ってもらった帰り道。わたしの帽子が車の窓から飛ばされて、探しに戻ったら偶然この石碑に載っていたのよね。憶えてる？」

和子の言葉が終わるより早く、佳苗は「もちろん！　奇蹟みたいな出来事だったもの」と目を輝かせた。

和子の麦わら帽子が風にさらわれ、父が急ブレーキを踏んだのは、笠取峠の長い下り坂の途中だった。三人が車を降りて松並木の間を探すと、路肩の斜面に建つ石碑の上に、帽子が載っていた。まるで帽子を被っているようだと喜ぶ二人を石碑の両脇に立たせ、父親が持っていたインスタントカメラを構えたときの一枚だ。

「父は風が偶然運んだだけだって言ってたけど、わたしたちは熊が拾って載せたか、森の妖精のいたずらかもって盛り上がったよね」

「そうそう。ああ、あの日は本当に楽しかったな……和子ちゃんのお父さん、優しくて羨ましかったっけ」

先ほど佳苗の父親の話を聞いたばかりの和子は、当時、彼女を傷つけていたのではないかと不安がよぎったが、いまさらなんと言っていいか分からず、結局「この写真、ようやく渡せたわ」と、一ミリにも満たない薄さにたくさんの思い出がつまった写真を差し出した。

「ありがとう」

二人の少女の写真を手に取る屈託のない佳苗の表情が、あの頃と重なって見えた。

「佳苗ちゃん、ちゃんとお礼を言えないままだったけど、あの夏、本当に楽しかった。いろいろなところに連れて行ってくれて、たくさんの思い出をくれて、ありがとう」

「わたしも楽しかった！　わたしの人生で、あの夏休みが一番の思い出、一生の宝物だもの……」

和子の手と、色あせたカラー写真を一緒に握りしめた佳苗の手は、少しカサカサしていて冷たかった。

「そうだ佳苗ちゃん。神社だけじゃなく、これもこの近所にあるの。気づいてた？」

和子は帽子を被った石碑を指さして訊ねる。

「え？　そうなの？」

「七社神社に行ったとき、気づかなかった？」

「あ、あの神社の近くなんだ。あそこへ行ったのはお祭りの日、一度きりだし、行ったのは夜だったから……」

「じゃあ是非、今度行ってみて」

「うん」とうなずいたあと、佳苗は「……そうだ。和子ちゃん、これ、憶えてる？」と、バッグの中からカギの束を取り出した。そこにはくたびれて色あせた五つの輪のキーチャームがぶら下がっている。

佳苗はキーチャームを愛おしそうに手のひらに載せて和子に見せた。

「これ、まだ持っててくれたのね」

和子は指で五つの輪を触り、胸がいっぱいになった。

「もちろん。和子ちゃんに作ってもらったものだもん。赤い色がくすんじゃって、気づいたら輪っかも一つなくなっちゃってたんだけど、いまでもわたしの大事なお守りなんだから」

佳苗は照れくさそうに笑った。

「ちょっと貸してもらっていい」

うなずく佳苗の手からキーチャームを受け取ると、自分のカップの横に置き、和子はハンドバッグから手品のような手つきで綺麗な赤い輪を一つ取り出した。

「えっ？」

驚く佳苗の表情を楽しみながら、和子は器用な手つきで、五つの輪に新しい輪を赤い糸で繋げた。

「少し大きさが違っちゃったけど、これで元通りでしょ？」

和子が上に三つ、下に三つ並んだ輪を差し出した。

須美子ははじめオリンピックシンボルだと思ったようだが、そうではない。これは上田城主真田家の家紋をモチーフにした六文銭なのだ。

あの夏、史跡巡りをする中で、たびたび出会った真田家に纏わる故事来歴。和子は上田で過ごした二人の思い出にと、真田の六文銭をリリアンで編み、佳苗にプレゼントした。

そして佳苗はそれをいたく気に入って、当時はいつもカメラにぶら下げて持ち歩いていたのだ。

「はい、佳苗ちゃん」

一つだけ色鮮やかな輪がついたキーチャーム。それを呆然と見つめていた佳苗は、和子に名前を呼ばれ、二度三度瞬きをしてからようやく受け取った。

「ありがとう……和子ちゃん……でも、なんで一個足りなくなっているのを知っていたの？」

感激しつつも、どこか空恐ろしいものでも見るような表情で佳苗は訊ねた。

輪が一つ足りなくなっていることは昨日、須美子から聞いて知っていた。だから、今日ここへ来ることを決めて、和子は昨夜大急ぎで赤い輪を一つ編んだのだ。

「うちにはね、名探偵ホームズみたいなお手伝いさんがいるのよ」

「え、刑事局長さんのお宅には、そんなドラマみたいなすごい人がいるの？」

「ふふふ、ええ」

佳苗の「刑事局長さんのお宅」という言い方には、最前のような棘はもう感じられなかった。

9

「こーこーろーざーーしをーはーたーしーて～♪」

花春の店先では、ご機嫌な様子の育代が、寒空の下に花を並べていた。

「どうしたんです育代さん。『故郷』なんて歌って」

「あらやだ、須美ちゃん、いつから聞いてたの」と、育代は赤い頰を両手で隠してから、

「さっきね、お花を届けに行った帰りに、滝野川警察署の前で口ずさんでいる女性がいたのよ。それがうつっちゃったのね」と早口で言い訳した。

「そうでしたか」

「ええと、あれはそう、きっと四十年一緒に過ごした幼馴染みの旦那さんが逮捕されちゃって、まだ夢を見ていた昔を偲んでいたんじゃないかしらね。小さな背中が哀愁を帯びていたわ……あ、でもなんだか年季の入ったカメラを首からぶら下げていたから、スクープを狙う記者さんだったかも。あらっ？　でもじゃあ、なんで『故郷』を歌っていたのかしらねえ」

自分の推理を得意げに話して自ら突っ込むという育代のショートコントを見守りながら、須美子は頭の片隅で別の考えに至っていた。

（もしかして……一里塚）

滝野川警察署の前には、あの麦わら帽子を被った石碑と同じ「一里塚」がある。

須美子の脳裏に、祖父からもらったというライカを首から提げた佳苗の姿が浮かんだ。

「……でもね、彼女なんだか嬉しそうだった気がするのよね。あんなところで、いったい

何をしていたのかしら」

　育代のショートコントは、たいていいつも解決までは辿り着かない。

「ふふふ、さあて、なんでしょうねえ」

　ほくそ笑んだ須美子を見て、育代は気味悪げに仰け反った。

「？……へんな須美ちゃんね。あ、寒いからどうぞ中に入って」

　育代に促され花春のドアをくぐると、控えめな暖房が効いていて、育代はいつものテーブルにお茶を出してくれた。

「そうそう、育代さん、知ってました？　『アオキクミコ』の色の理由」

「色の理由？　どういうこと？」

「なんで、あの五色が使われているかっていうことです」

「……うーん、知らないわねぇ」

「青、黄色、黒、緑、赤の五色で、白い旗の上に世界の国旗のほとんどを描くことができるからなんですって」

　須美子は昨晩、光彦が夕食どきに話していた知識を、まるで自分の手柄のように披露した。

「へえ、素敵ね」

「そうですよね。それから、五つの輪にも意味があるんだそうですよ。アジア、ヨーロッパ、アフリカ、南北アメリカ、オセアニアの五大陸を表していて、人々が平和の精神のもと、スポーツで手を繋ぎ合おうという意味なんですって」
「だから、輪が繋がっているのね」

「そうなんですね。——あ、繋がっているといえば。育代さん、五輪のマークを一筆書きできますか？」

「簡単よ。五つの円を描くだけじゃない」

そう言って育代はレジの脇にあったメモ用紙と鉛筆を引き寄せて、自信満々で左上から円を描き始める。

「えーと、こうして、こうして、あら、二つで終わっちゃったわ。ちょっと、待って、えーとこうして……」

最初に描いた円を何度もなぞって行ったり来たりしているうちに訳が分からなくなり、メモ用紙がどんどん消費され始めた。

「こんにちは」

日下部亘がドアを開けたのにもまったく気づかず、育代は日頃まれに見る集中力を発揮し続けた。

「日下部さんこんにちは」と、須美子は手招きして椅子を勧めた。

「やあ須美子さん。どうしたんですかな、育代さんは」

前屈みになって机の上をにらみつけている育代は、日下部が椅子に坐ってもなお、その姿勢を保ったままだ。

「世界を一つに繋げるのに苦労しているんです」

不思議そうに首を傾げる日下部に、須美子はそういって微笑んで見せた。

第四話　雪《せつ》に希《ねが》いしは

1

最初に気づいたのは、庭の手入れをしていたお手伝いの村山キヨだった。

「奥様、寒いと思ったら雪ですよ」

素っ頓狂な声を上げて、キヨは浅見家の屋根を仰ぎ見る。

ちょうど書き物の手を休めて縁側に出て来た当主の秀一も、寒そうに空を見上げ、座敷で昼寝から目覚めたばかりの末娘の佐和子《さわこ》に「見てごらん」と手招きする。

「わあ、ゆき！　おねえちゃんゆき！」

幼い妹に呼ばれ、八歳になったばかりの姉の祐子《ゆうこ》も肩にかかる黒髪を寒風になびかせ、目を輝かせて軒下に駆けつける。

「あ、本当。すごい！　小さい兄さん、見て見て雪よ」

祐子がリビングに向かって報告すると、半ズボン姿の光彦が廊下を滑るように駆けてきて、三々五々集まってきていた家族を追い抜いて庭へ躍り出た。

「ホントだ、雪だ！　もうすぐ桜が満開だっていうのにめずらしい。ねえ、兄さんはこんな時期に雪を見たことってありますか？」

遅れてやってきた、光彦より十四も上の陽一郎は縁側から覗き込むように空を見る。

「ああ、十五年くらい前かな。僕がきみぐらいの頃にも、確か春の雪が降ったことがあったよ」

「へえ、あっ」

光彦が伸ばした手の上に雪が舞い降り、儚く消える。

それを見ていた祐子と佐和子も、小さな手で雪を摑まえようと庭に下りてはしゃぎ出した。

東京になごりの雪が降った休日の午後は、めずらしく家族全員が家に揃っていた。

「……賑やかだな」

ぼそりと言った秀一の声は、普段のような咎める調子ではない。むしろ嬉しそうに、和室から座布団をとってきて、長男の陽一郎にも勧め、並んで縁側に腰を下ろした。

陽一郎は風貌も性格も、父親にじつによく似ている。東大の法学部を卒業して、現在は警察庁に勤めている俊才だ。弟妹とは年が離れているせいか、最近は家の中でも父親と難しい顔で政治の話をしていることが多いが、今は弟たちのはしゃぎぶりに久しぶりに眉間の力が抜け、顔をほころばせていた。

庭の梅はとうに時季を過ぎ、美しく配置された植木たちも芽吹きを待つばかり。

先ほどまで隣にいたキヨは、走り回る子どもたちに両手を引かれて往生していた。

「十五年ぶりか……」

秀一が目を細めて昔を懐かしむように鈍色の空を見上げた。

「次に春雪《しゅんせつ》が降るときにも、またみんなで――」

「……様、大奥様、大丈夫ですか？」

背後から呼ぶ声に、浅見雪江は現実に引き戻された。

「あら、須美ちゃん。どうしたの？」

「大奥様、何度もお呼びしたのですけど……あの、お顔の色が優れないようですが、おかげんが悪いのではありませんか？　ここのところ寒の戻りで冷え込みましたし、お風邪でしょうか？」

お手伝いの吉田須美子が、心配そうな顔で雪江の顔をのぞき込んだ。

「大丈夫ですよ。ちょっと昔のことを思い出してぼんやりしていただけなの」

「昔……ですか？」

「ええ、もう二十二年も前になるわね……桜の咲く頃、このあたりに雪が降ったことがあったのよ」

「へえ、こんな時季にですか？」

「須美ちゃんは新潟出身だから、三月の雪って言ってもめずらしくもないでしょうけど、東京では雪自体が滅多に降らないでしょう」

雪江は須美子の郷里に思いを馳せた。彼女は前任のお手伝い、村山キヨが引退するときに、代わりにと推薦した親類で、同じ新潟県長岡市の出身だ。高校を卒業したばかりでこの家へ来て、もうかれこれ十年近くになる。

「そういえば、わたしがこちらにお世話になってからは、こんな時季には一度も降ったことがありませんね」

「そうでしょう。懐かしいわ、光彦がまだ小学生の頃だったわねえ。祐子と佐和子も小さくて、この家もずいぶん賑やかだったこと。それに夫も……」

あの雪の日から数年後に急逝した夫の最期を思い出し、雪江は不意に押し寄せた寂寥感にため息を一つついた。「あの日、次に春雪が降るときにも、またみんなで見たいわねえって、夫と話したのよ。今となっては叶わぬ願いですけどね——」

聞いていた須美子のほうがシュンとしてしまったのに気づき、雪江は慌てて取り繕った。

「あら、わたくしったら須美ちゃんにこんな話。いやあね、歳をとると昔のことばかり思い出して……。そうだわ、気分転換にちょっとお散歩にでも行ってこようかしら」

「え、お散歩ですか？」

用事で出掛けることはままあるが、雪江は無目的な外出は滅多にしない。

「ええ。このあいだ中西さんの奥様がおみえになったでしょう。彼女に『認知症予防には脚の筋肉を保つことも重要ですから、ウォーキングをしたほうがよろしいですわよ』って、懇々と説明されたのよ。そのときは余計なお世話とも思ったのだけど、確かに家にばかりいないで少しは運動しないと、体にもよくありませんからね」

「でも、大奥様はとげぬき地蔵さんの縁日には欠かさずお参りにいらっしゃってますから、運動不足ということはないかと――」

須美子が言っているのは、毎月三度ある「四の日」の、巣鴨のとげぬき地蔵の縁日のことだ。三十分ばかりかかるとげぬき地蔵へ雪江が一人で歩いて出掛けるのを、須美子は過剰に心配するきらいがある。――というのも、以前、雪江はとげぬき地蔵へ行く道中の染井霊園で、男性の遺体に遭遇したことがあった。そのときはさすがの雪江も動悸と目眩を起こし、事情聴取に連れて行かれた警察署まで次男坊の光彦を呼びつけた(内田康夫『津和野殺人事件』参照)。そんな前科があるのだから、須美子の心配もまんざら的外れとも言い切れないのだ。

「それに、他にも絵画教室や薫泳会にお出掛けですし、お付き合いの陶芸展や生け花展も年に何度かありますし……」

須美子は雪江の趣味を並べ立て、充分活動的である旨を主張した。雪江自身も、七十歳という年齢にしては多趣味で、日々忙しくしていることを承知してはいるのだが、それとこれとは別という気がしないでもない。

「でもね、まだまだ光彦が一人前になってこの家を出て行くまでは、惚けてなどいられませんからね。近くを回ってくるだけですから心配しなくて大丈夫よ」

最後は須美子を安心させるようにそう言うと、雪江は部屋から着物の上に羽織る道行《みちゆき》と新しい草履をとってきて玄関へ向かった。

「お天気はまだ持ちそうね」

「予報では雨は夜遅くからでしたので、大丈夫だとは思いますが……」

ドアを開けて空を見上げる雪江に、なおも心配そうな須美子が答える。

そこへ、玄関脇の階段を次男坊の光彦が下りてきた。

平日の昼間だというのに、雑文を書いて部屋に籠もっている光彦が、才能を遊ばせているようで雪江は歯痒くてしかたない。

「おや、お母さん、お出掛けですか」

「ええ、ちょっとそこまで行ってきますよ。光彦、あなたも家にばかりいないで、たまには運動をなさい」

「はあ……ということはお母さんは運動のために？」

「そうですよ。ああそうだわ、須美ちゃん今日のお買い物、わたくしが済ませてきましょうか？」

「滅相もございません！　大奥様にお買い物をさせるだなんて、罰が当たります！」

「そんなこと……分かったわ。じゃあ、商店街のあたりをぐるっと歩いてくるだけにします」

須美子が顔を真っ赤にして語気を強めたので、雪江はあっさり引き下がることにした。

「どうかお気をつけて行ってらっしゃいませ」

「行ってらっしゃい」

須美子と次男坊に見送られ、雪江は寒空の下へ一歩踏み出した。

商店街は寒い日だというのに活気に満ちていて往還が絶えない。あまり車は通らないので、買い物客の自転車にさえ気をつければ歩行者天国状態だ。

西ヶ原商店街を抜け、染井銀座商店街に入る。雪江は軒先を冷やかしながらそぞろ歩いた。このまま進めば霜降銀座商店街だ。

「久しぶりねえ、この通りを歩くのも……」

ここ十年ほどは、雪江は自身で買い物をする機会を失していた。

長男の陽一郎が生まれたあと、雪江は体調を崩し、そのときに家の仕事をしてもらうようになったのが村山キヨだ。キヨは雪江より十歳も上だったから、まだしも融通が利いたのだが、和子が陽一郎の元へ嫁いできて、さらにキヨの引退と入れ替わりに若い須美子がやって来てからは、雪江が自ら食材の買い出しをすることはほとんど皆無になったと言っていい。何度か、買い物を申し出たこともあったが、そのたびに先ほどのように一蹴される。須美子の頑迷さは雪江も承知しているので、そんなときはあっさり引き下がるに限る。

久々に訪れた商店街は、もともと旺盛な雪江の好奇心を大いに刺激した。店の雰囲気がずいぶんと変わっていたり、あったはずの店が消えて別の店になっていたりする。中には雪江が嫁いできたころと寸分違わぬ店構えも点在し、雪江を感激させた。ものめずらしさも手伝って、雪江はキョロキョロと左右に視線を巡らせながらのんびりと散策を楽しんだ。

「あら、あそこの喫茶店も昔のままねえ」

雪江は年季の入った建物を見上げた。当時はモダンだったオレンジの瓦屋根、それにモルタルの白壁や出窓の白い窓枠も、何も変わってはいないのに、今ではかえってそのレトロな雰囲気が流行に即して見えるから不思議だ。そういえば、孫の雅人が以前「一周回って新しいんだよ」と言っていたが、こういうことなのかもしれない。

喫茶店の店主が先代から息子夫婦に代替わりしたとは聞いていたが、いまはその息子夫妻もすっかり板について貫禄さえ漂わせている。出窓の向こう側でカウンターのお客と談笑する二人は雪江より一回りくらい若いが、ふとした動作に寄る年波を感じさせた。

（今の子どもたちから見たら、わたくしなど、もはや骨董品に見えるのかもしれないわねえ……）

光彦が聞いたら喜びそうな自虐的なことを考えていると、前方からまさにその「今の子どもたち」がやって来た。

背格好からすると、小学一、二年生くらいだろうか。二人並んだ少女の背丈は同じくらいで、一人は髪を背中まで伸ばし、もう一人は顎のラインで切り揃えたおかっぱ頭だ。

長い髪の少女が半歩前を歩き、おかっぱの子の手を引き先導しているようにも見える。

(まあまあ、仲良く手を繫いで、祐子と佐和子もあんなだったわねえ……)

目の前にいる二人は、どことなく二人の娘と似たところがあった。四つ年上の祐子が妹の佐和子の手を引いて、昔はよく、あんなふうに登校していったものだった。

雪江の娘は二人とも赤いランドセルだったが、近づいてくる少女たちはそれぞれ、臙脂色と焦げ茶色のランドセルを背負っている。最近は色とりどりのランドセルがあって、孫の智美や雅人も、入学を前にそれぞれ好みの色を選んでいた。

(あら、あの子、目が……)

すぐ手の届く距離まで来てから、おかっぱの少女の両目が堅く閉じられていることに、雪江は気がついた。長い髪の少女が気遣うように手を引いているのは、そのためだったのだ。注意して見ると、二人ともこの世の終わりのような暗い表情で口を真一文字に結んでいる。長い髪の少女は、うっすらと目に涙さえ浮かべていた。

少女たちに道を譲りながら、雪江はいざ手助けが必要となったら声をかけようと思って見守っていた。するとすれ違いざま、いかにも不穏な言葉が少女たちの口から発せられたのだ。

「ここが挟まれた場所」

「そう、そのせいで――」

雪江は眉をひそめ、思わず二人を振り返った。

（……もしかして、ここで事故に遭って、それで目が……？）

胸の前で両手を握りしめたが、娘の姿と重なる少女たちにしてあげられることは何もなく、雪江はのしかかる無力感にまた一つため息をついた。

2

「お帰りなさ……大奥様、何かあったのですか？」

玄関に出迎えた須美子が心配すると、雪江は「何もないわよ」とぎこちない微笑みで否定した。一時間ほどで戻ってきた雪江は、出掛ける前よりさらに顔色が悪く、憔悴しきっているように見える。

「何もない」と口では言っているが、その様子は、「何かあった」ことを雄弁に語っていた。

「ひどく、お疲れのご様子ですが……」

「少し寒かったからかしらね。須美ちゃん、しばらく部屋で休みますからね。あとで熱いお茶をお願いできるかしら」

「はい、すぐにお持ちいたします」

雪江は脱いだ草履を揃えるのもそこそこに、自室へ入って障子を閉めてしまった。

低気圧が招いた北風が一日中、窓を叩いていたせいか、日が暮れるとまるで冬に逆戻りしたように冷え込みが厳しさを増した。須美子はもうすぐ夕食に下りてくる浅見一家のために、ダイニングの暖房をつけた。

あれから夕食の準備に身が入らないほど、須美子は雪江を案じている。疲れた様子で散歩から帰ったあとは自室に籠もり、お茶を運んだときも生返事をするばかりだったからだ。いったい、何があったのかしら——と、晩ご飯の鰆に塩と胡椒を振りながら須美子は考えたが、手持ちの情報が何もないに等しい状況では、その理由を推察することはできなかった。

不意にダイニングのドアが開き、「須美ちゃん、今日の晩ご飯は何？」と、光彦が顔を覗かせた。

「鰆のムニエルと温野菜のサラダと、ホワイトシチューです」

「温まりそうなメニューだね。今日は寒いから、楽しみ楽しみ」

両手をこすり合わせるようにして、光彦がまだ暖まっていないダイニングのいつもの席に着いた。

「すみません坊っちゃま。もうしばらくお時間がかかりそうなのですが……」

「いいの、いいの。仕事が一区切りついたからね、たまには一番乗りっと……ああ、ところでさ、おふくろさん、何かあったのかい？」

須美子は、出掛け際に少し言葉を交わしただけで、母親の様子がおかしいことを見抜いた光彦に、「さすが名探偵」と舌を巻いた。

「実は、お昼頃からお元気がないようなのです。『ちょっと昔のことを思い出して』とおっしゃっていましたが……」

「ふーん、でも徘徊《はいかい》からは無事に帰ってきたんだろ？」

「……お散歩です、坊っちゃま」

須美子が光彦をねめつけたとき、ダイニングの扉が音もなく開いた。

「光彦、いま徘徊と言わなかったかしら？　あなた、まさかわたくしのことを……」

「い、いやだなあお母さん、はいかい違いですよ。ほら、少し前に雅人が俳句で入選したじゃありませんか。それで、そのうち雅人は俳諧デビューするんじゃないかって話していたんです」

「嘘おっしゃい。よくもまあ、すらすらと口がまわること。まったく誰に似たのかしら」

「それはもちろん――」

そう言いかけて、雪江の冷たい視線に気づき、光彦は口を閉じ首をすくめる。

いつもの次男坊との軽妙なやりとりのお陰か、先刻より雪江の顔色はいくぶん良くなっていて、少しだけ須美子を安心させた。遠くの親類より近くの他人……よりも、やはり身近な家族の力が一番強い。

(家族か――)

須美子は自分の知る浅見家の歴史を思い返した。

雪江には、二十年前に心筋梗塞で亡くなった夫・秀一との間に、二男二女の子どもがいる。須美子が浅見家で働き始めたときには既に家は長男の陽一郎が継いでいて、陽一郎一家四人と光彦、祐子、それに末娘の佐和子と雪江の八人が、この家で暮らしていた。

第三子の祐子は九年前、須美子が来た年の夏に旅先で災禍に遭い、二十一歳の若さでこの世を去った。たった数か月だったが、思慮深く聡明な彼女に須美子は密かに憧れていたものだ。

末娘の佐和子は当時高校三年生で、一つ年上の須美子にとても良くしてくれた。正義感が強く好奇心旺盛な佐和子は、光彦ととてもよく似ていた。思えば、一番最初に「須美ちゃん」と呼んでくれたのは彼女だったかもしれない。

その後、東京の女子大を卒業した佐和子は、ニューヨークの大学に入学し直して、現在に至るも向こうで暮らしている。

あの日から、須美子が用意する浅見家の食事は六人分になった。

雪江が言っていた「昔」は、もっとずっと前のことだが、須美子も祐子や佐和子がいた頃を思い出し、少し感傷的な気分に陥った。


陽一郎以外の家族が揃い、いつものメンバーでの夕餉の時間が始まると、須美子はキッチンとダイニングを忙しく往復して、温かい皿を順に運んだ。

「お母さま、明日、美容院に行くんでしょう?」

温かいシチューをスプーンですくいながら智美が問いかけると、和子は少し伸びた後ろ髪を押さえるようにして「ええ」とはにかんだ。

「短くするの?」

娘は母親の新しいヘアスタイルに興味津々らしい。

「いいえ、揃える程度であまり長さは変えないつもりよ」

「お母さまはショートボブも絶対に似合うわ。ねえ、雅人もそう思わない?」

「僕はどっちでもいいと思う」

弟に同意を求めたのが間違いだったと智美は顔をしかめ、叔父の光彦に目線を送った。

「叔父さまは?　どっちが好み?」

「そうだなあ、僕みたいな唐変木は女性の髪型には疎いからねえ……」

「……もう、叔父さまも雅人もハッキリしないんだから」

智美はつまらなそうに口を尖らせて「似合うと思うんだけどなあ……」と和子を見た。

光彦が取り繕うように、「でも義姉さんは美人だから、きっとどちらもお似合いですよ」と付け加えた。

いつもならここで雪江が「光彦！　あなたその軽薄さをなんとかなさい」と注意する場面だ。先ほどの「徘徊発言」もあったことだし、お説教は免れないだろうと須美子は身構えたのだが、雪江は心ここにあらずの状態で、思案顔のまま黙々と箸を動かしている。

（あら——）

須美子は意外に思い、雪江の前に湯気の立ったムニエルの皿を置きながら、チラッと視線を送った。当てが外れた一同も雪江の顔に視線を注ぎ、光彦だけが叱られずに済んだことに安堵の表情を浮かべている。

「まあ、光彦さんたら、相変わらずお上手ですこと」

しかたなく和子が場を納めたが、須美子ばかりでなく、おそらく全員が雪江の異変に気づいたはずだ。

（やっぱり、お散歩のときに何かあったんだわ……）

食事前の光彦とのやりとりで、よくなりかけているとほっとしていたのだが、雪江の胸の裡で、また何か不安の虫が蠢《うごめ》き始めたに違いないと、須美子の胸も疼《うず》いた。

3

「お帰りなさいませ」

玄関で雪江を迎えると、翌日はまた一段と顔色が悪かった。

一時間前、昨日と同じ時間に散歩に出掛けようとした雪江は普段と変わらない様子だったが、須美子は心配で「今日はわたくしもご一緒に参りましょうか」とエプロンを外しながら提案した。だが、雪江は「大丈夫よ。徘徊せずに帰ってきますからね」と笑って冗談を言う余裕さえ見せていたのに、散歩から戻ってきてみればこの有様だ。もはや外出先で何かがあったことは疑う余地がない。

「あの、大奥様――」

須美子が訊ねようとすると、それより一瞬早く雪江が口を開いた。

「わたくし、惚けてしまったのかしら……」

「えっ？」

深刻そうな雪江の顔を見る限り、今度は冗談ではなさそうだ。

須美子は、いつもは抜山蓋世《ばつざんがいせい》の雪江が肩を落とした姿をしげしげと眺めた。こんな弱気なことを言う大奥様の姿を見るのは初めてだ。

「大奥様、まずは温まってください」

昨日の夜中に降った雨が、次の雲を呼んだらしい。冷え切った雪江をリビングのソファーに坐らせておいて、須美子はキッチンで少し熱すぎるお茶を淹れた。

お盆にお茶を載せて戻ってきても、雪江は糸の切れたマリオネットのようにくたっとソファーに身を沈めたままだ。背筋がしゃんとしていない雪江を見たのも、須美子は初めてだった。

「熱いですから、お気をつけください」

須美子の声にハッと我に返ったように姿勢を正したものの、まだ心ここにあらずの態で湯呑みで両手を温めている。

(本当に何があったのかしら……)

しばらく須美子が黙って見守っていると、指先から全身に熱が広がったのか、その目に徐々に光が戻る。雪江はゆっくりとお茶を一口飲み、代わりにその何倍もの息を吐き出した。

「須美ちゃん、わたくし、もうダメかもしれないわ」と雪江はもう一度ため息をついてから、おもむろに語り始めた。

「――昨日、お散歩の途中に、商店街で二人の女の子を見かけたの。小学校一、二年生くらいだと思うのだけど……祐子や佐和子が小学生の頃を思い出しましたよ──」

言葉を選ぶのか、雪江が押し黙ったので、須美子は、亡くなった祐子やニューヨークにいる佐和子について何か思い出せないことで悩んでいるのだろうかと考えた。

(でもそんなことで『惚けてしまった』とまで思うかしら……)

須美子が次の言葉を待っていると、雪江の話は予想外の方向へと進展した。

「──おかっぱ頭の子の両目は閉じられていてね、長い髪の子が気遣うように手を引いていたのよ」

「……そんなに小さいのに、目が……ご不自由なのですね？　お気の毒に……」

「ええ、本当……。わたくしも遠目では分からなかったのですけれど、すれ違いざまに『ここが挟まれた場所』『そのせいで──』って話しているのが聞こえたから……。あの場所で事故に遭って、視力を失ってしまったのではないかと思うわ」

その少女と手を引いていたというお友だちを思い、須美子の胸は痛んだ。そして、雪江にとっては辛いことが重なってしまったのだと暗澹たる気分に陥った。

叶わなかった家族での願いを思い出し気持ちが滅入っていたところへ、追い打ちをかけるように、この家を離れた二人の娘に似た悲劇の少女たちを、雪江は目撃してしまったのだ──。

「そう……だったんですか……」

「ただね――」

そこで一旦、言葉を止め、雪江は窓の外に視線を送った。

「はい」須美子は雪江の横顔を見つめて、続きを待った。

「今日は、目が不自由なのは、長い髪の子のほうだったの……」

「えっ？」

話はさらに須美子の予想の斜め上へと飛躍した。

さっき雪江は、昨日はおかっぱの子の両目が閉じられていたと言っていた。須美子は雪江の悩みの正体がようやく分かった。昨日と今日で少女の立場が入れ替わっていたことで、記憶力に不安を覚えたのだろう。

「須美ちゃん……わたくし、やっぱり惚けてしまったのかしらね……」と真剣に悩む雪江を、須美子は慌ててフォローした。

「そ、そんな、大奥様。それはただの見間違えではないでしょうか。きっと昨日も、目の不自由な少女は長い髪の子だったのですよ。大奥様がお惚けになるだなんて、そんなこと、あるはずがありません」

須美子は口にしたあとで、「お惚けになる」という言葉が適切だったかどうか心配になり、言葉遣いにうるさい雪江の顔色を窺った。だが雪江はそんな須美子に気づく様子もなく、また深いため息をついた。

「……そうかしらねえ。焦げ茶色のランドセルを背負っていたのがおかっぱの子で、臙脂のランドセルが長い髪の子だったのよ。それは昨日と一緒……ああ、でも、それも記憶違いなのかしらねえ。なんだか、すべてに自信がなくなってきましたよ」

不安そうに彷徨わせた視線が須美子とぶつかる。

「……大奥様」

須美子は何か言わなければと必死で考えを巡らせた。「あ、もしかして！　その女の子たちは、目が不自由なのではなくて、二人ともただ目を瞑っていただけなのではないでしょうか。大奥様が遠目でお気づきにならなかったということは、白杖は持っていなかったのですよね？」

「……そういえばそうね。片方の子がもう一方の子の手を引いて歩いているだけだったわ」

雪江はかすかな希望の光に顔を上げた。

「きっとそうですよ。昨日は短い髪の子が、今日は長い髪の子が目を瞑って歩いていただけで……」

「そう……なのかしらねえ」と一瞬、雪江の表情に色が差しかけたが、「……ああ、でも、そうだとしたら今にも泣き出しそうな顔で『ここが挟まれた場所』『そのせいで――』って言っていたあの言葉はなんだったのかしら」と、つぼみのまま枯れてしまった花のように、見る間にうな垂れた。

「ええと、それは……」

須美子が言葉に詰まると、雪江はすっと顔を上げ、諦観の笑みを浮かべて遠い目をした。

「ありがとうね、須美ちゃん。そうね、単なる見間違えか聞き間違えだったのかもしれないわ。ああ、歳はとりたくないものねえ……」

余計な気を遣わせまいとしたのが、須美子にも手に取るように分かった。

(何かフォローしなければ……)

しかし焦れば焦るほどいい案は浮かばない。

雪江がそれを潮に腰を上げようとしたところへ、「ただいま戻りました」と和子がリビングを覗いた。

美容院できれいにカールされた髪が、艶々と輝いている。長さはさほど変わっておらず、やはり智美の提案したショートボブは採用されなかったらしい。

「素敵です、若奥様」と褒めると、和子は「ありがとう須美ちゃん」と嬉しそうに髪を揺らす。

和子の弾んだ髪を見て、ふと須美子にはひらめくものがあった。

「あ！　もしかしてウイッグでは？」

「あらいやだ、須美ちゃんたら、これは正真正銘わたしの髪よ」

首をひねって、耳の後ろの髪を軽く引っ張りながら和子は笑う。

「あ、いえ、すみません。若奥様のことではないのです」

「？」

「大奥様、昨日も今日も目の不自由な少女は同一人物で、どんな理由があるのかは分かりませんが、交互にロングヘアのウイッグをつけていたとしたらどうでしょうか？」

「ウイッグってかつらのことよね？」

「はい。それならランドセルを交換すれば、ちょっとすれ違っただけでは見分けがつかなくて当然です。片方の少女の目が本当に不自由なのだとすれば、その子たちの話していた『ここが挟まれた場所』『そのせいで――』という言葉も意味が通ります」

須美子は自分の思いつきに興奮して、目を丸くする雪江と不思議顔の和子に構わず言い切った。

「……須美ちゃん、あなた面白いことを考えるわねえ」

感心したように須美子の顔をまじまじと見たが、「でもね、顔は取り換えられないわよ」と雪江はいたずらっぽく、だがどこか淋しそうに笑った。

驚いたことに、雪江は僅かのあいだ見かけただけの少女たちの顔を、しっかり覚えているのだと言う。先刻のことがあるから、少し自信なげではあったが、「長い髪の子は祐子に、短い髪の子は佐和子に似ていると思ったから間違いありませんよ」と控えめに胸を張った。

そこへ、光彦がリビングのドアを開けた。

「おや、妙齢の女性がお揃いで、どうしたんですか。女三人寄ればなんとやらの実験ですか？」

三人の女性の視線が一斉にそそがれ、光彦は照れ隠しのように軽口を叩いた。

「失礼なことを言うんじゃありません。わたくしたちは姦《かしま》しくなんかありませんよ。それより、あなたはまたこんな昼間からフラフラして、ちゃんとお仕事をしているの」

先刻の話は息子には伏せておくつもりなのか、雪江は話を逸らすようにお定まりの小言を口にした。

「ええ、もちろんですとも。ソアラのローンとお月謝のために、これから『旅と歴史』の取材に出掛けるところです」

光彦は肩から提げたバッグをポンポンと叩いてみせた。光彦の言うお月謝とは、毎月和子に渡している生活費のことだ。自分の生家で暮らしているのに、この界隈で居候と噂されていることを、柳に風の光彦も少しは気にして、自分の食い扶持くらいはと納めているのだそうだ。

「あ、須美ちゃん、今日は泊まりになるから夕食はいらないよ。明日の夕食までには帰ってくるからね、よろしく」

「かしこまりました……あの、坊っちゃま。何度も申し上げていますけど、できればそういうことは、朝のうちにおっしゃっていただけると助かります」と須美子は形ばかりの苦言を呈しておいた。今日はまだ買い物に行っていないから構わないのだが、光彦の風来坊ぶりは、須美子の用意した夕食の食材に支障をきたすことがしばしばあった。

「悪い悪い、次から気をつけるよ」

ちっとも悪いと思っていないようだが、一応頭を掻きながら反省の言葉を口にし、「じゃあ」と出掛けようとする光彦を、雪江の言葉が引き留めた。

「光彦、あなた今日は本当にお仕事なんでしょうね？」

雪江は息子がまたぞろ探偵ごっこに出掛けるのではないかと気を揉んでいるのだろう、疑わしそうな目でじろりと次男坊を睨んだ。

「やだなあ、お母さん。嘘じゃありませんよ。今回は川端康成《かわばたやすなり》の取材なんです」

まるで雪江に疑われることを予期していたように、光彦は得意気に答える。

「あ、坊っちゃま、川端康成といえば『雪国』ですよね。舞台が新潟県の越後湯沢温泉なのでわたしも以前読んだことが——」

雪江の気を紛らすために話題に乗った須美子の言葉を「そうですよ、雪国ですよ！」と突然、大きな声が遮り、そこにいた全員の視線が一点に集中した。

「お母さん、どうしたんですか急に……」

「さっきすれ違った女の子たちが言っていたのよ。『長いトンネルを抜けると――』って」

「ああ、それは正に『雪国』の冒頭ですね。でもそれがどうしたっていうんです？　それに、さっきの女の子たちっていうのは一体……」

光彦にそう言われて、雪江は見るからに「しまった」という顔になった。

「い、いいから、あなたはお仕事にお行きなさい」と捨て台詞を残して雪江はそそくさと席を立ち、そのままリビングを出て行ってしまった。

「なんだかなあ……まあ、いいか。あ、義姉さん、髪、似合っていますよ。より素敵になりましたね」

光彦は本音ともお世辞ともつかない調子で言って義姉を苦笑させ、須美子と和子に等分に「行ってきます」と笑顔で挨拶をして、玄関へと出て行った。須美子が慌てて追いかけて「行ってらっしゃいませ」と見送ると、光彦が不意に振り返り真剣な眼差しを向けた。

「須美ちゃん、おふくろさんのこと、頼むね」

すべてを見通すような名探偵の鳶色《とびいろ》の瞳に向かって須美子は、「はい、ご安心ください。坊っちゃまも、どうぞお気をつけて」と大真面目に応えた。

その後、須美子は夕飯の買い物に出なければならなかったこともあり、雪江から、『雪国』の冒頭を口にした少女たちの話を聞くチャンスには恵まれなかった。

夕食の片付けを終え、入浴と風呂の掃除を済ませると、須美子は自室に戻り、布団にひっくり返って『雪国』を開いた。実家から持ってきた荷物の中にしまってあったことを思い出したのだ。

〔国境の長いトンネルを抜けると雪国であった。〕

このあまりにも有名な書き出しで始まる小説の内容を、須美子ははっきりとは覚えていなかった。再読して思い出したが、『雪国』は一人の男性と二人の女性の人生とゆきずりの情熱を描いた、大人の恋物語だ。

そういえば、『雪国』には、目の不自由な女性の按摩師が出てくる――と、須美子は読んでいる途中で気づいた。そのことが、雪江が見た少女たちと何か関係があるのだろうか。いやその前に、そもそも『雪国』を小学生――しかも雪江の見立てでは一、二年生の幼い知性で、はたして理解できるものなのだろうか。大人の須美子でさえ、正しく読み取れているか疑問が残るというのに――。

(まだ『伊豆の踊子』のほうが分かり易い内容だったんじゃなかったかしら)

須美子は以前、川端康成のもう一つの代表作といえる『伊豆の踊子』も読んだはずだが、そちらも話の内容はおぼろげだった。

「たしか、天城トンネルのあたりで主人公と踊子が出会ったんじゃなかったかしら……」

かすかな記憶を辿りながらそう口に出した須美子は、川端康成の二つの名作に共通する

「トンネル」というキーワードに、何か意味があるのだろうかと考えを巡らせた。

（トンネル、『雪国』、『伊豆の踊子』……）

だが、いくら考えても十歳にも満たない少女たちと川端康成を結びつける要素には、一向に思い当たらなかった。

4

話したことで気持ちが楽になったのか、翌日の雪江の顔色は、以前と変わらないように須美子には見えた。

だから、昼食を終えてお茶を飲みながら雪江が「今日はお散歩はやめておこうかしら」と言ったときには、須美子は意表を突かれた。

「え？　今日はいらっしゃらないのですか」

そもそも、雪江が一人で散歩に行くのを止めていたのは他でもない須美子自身なのだから、ここで異を唱える道理はないはずなのだが、自分から行かないと言われると、それはそれで心配になるものである。

「昨日、一昨日と新しい草履で出歩いたせいで、ちょっと鼻緒ずれしてしまったみたいなのよ、足が痛くて……」

須美子は「消毒液と絆創膏をお持ちしましょうか」と雪江の怪我の具合に気を揉んだ。

「それにはおよびませんよ。少し赤くなってるだけですからね、放っておいてもすぐに治るでしょう」

そう答えた雪江の視線の動きを見て、須美子はピンときた。本当は鼻緒ずれなどしておらず、例のことがあったために出掛けるのを憂慮したのではないか——と。だが、そんなことを言えば、自分が心配するだろうと考え、雪江は嘘をついたのだ。

若奥様の和子ほどではないにしろ、須美子にだって雪江や他の家族の情動には敏感なほうだという自負がある。十年近く浅見家でお手伝いを務めた日々は伊達ではない。今日は顔色がよくなったように見えたのは、もうこれ以上は考えないようにし、散歩も行かないと臍を固めたからなのだろう。

「——分かりました。では、お大事になさってくださいませ」

雪江に合わせ、須美子もいつもどおりの自分を演じた。

その代わりに須美子は、昨日までの雪江と同じくらいの時間に家を出て、買い物に行くことにした。もしかしたら自分も雪江の見た少女たちに出会えるかもしれないと思ったのだ。

昼食の片付けが一段落したところで、須美子は浅見家を出た。雪江が見かけたとき、二日間ともランドセルを背負っていたそうだから、つまり商店街の通りが通学路なのだろう。商店街からほど近い小学校で須美子が思い当たるのは二校。そのうち一つが智美や雅人も通っていた滝野川小学校だ。

ちょうど低学年の下校時間なのか、何人かの小学生とすれ違う。商店街を囲むように広がる住宅街に住んでいるのだろう。

不審がられないようにそれとなく子どもたちを注視しながら商店街通りを進み、霜降銀座にある花春の前あたりで、前方から二人の少女が歩いてくるのに出くわした。

小学一、二年生くらいの長い髪とおかっぱの二人で、手を繋いでとぼとぼと歩いている。

（あの子たちかしら）

須美子は店先に置かれた花を見るふりをしながら立ち止まり、全神経を集中して彼女たちの会話を聞き観察した。

近づいてくる少女たちは、二人とも俯きかげんで顔はよく見えないが、元気がなさそうだ。言葉少なに通り過ぎる少女たちのランドセルはやはり、臙脂と焦げ茶色だった。

（大奥様がおっしゃってた組み合わせ。やっぱりこの二人だわ）

確信を持った須美子がさりげなく振り返り、なおも観察を続けると、ランドセルにはお揃いのウサギのキーホルダーが揺れていた。

そのとき、視線に気づいたのか、少女たちも振り返り、潤んだ四つの瞳が一瞬、須美子を見返した。

（えっ！）

二人の少女の視線に驚いて立ち尽くす須美子の耳に、「……雪がいっぱい降ったらいいのにね」「うん。そうすれば――」という会話が聞こえ、遠ざかっていった。

しばらく呆然として、小さくなっていく少女たちの二色のランドセルを見送っていると、「さあ！　今日は東京都北区の商店街にやって参りました！」と、突然、場違いな大声が背中に聞こえ、須美子はビクッと肩を震わせた。

振り返ると、そこには五、六人のテレビクルーらしき集団の後ろ姿が見えた。テレビカメラが向けられた先にはプラカードとマイクを持った五十がらみの男性が立っている。ちょび髭のひょうきん顔に大きな丸い眼鏡をかけて、派手な衣装で声を張り上げている。

なんの撮影だろうと思ってプラカードに目を凝らすと、『商店街すごい人グランプリ』と書かれていた。その周りには、早くも見物人の輪ができはじめている。

「――前回は大田区の商店街で、なんと世界でトップクラスの『けん玉の達人』の方にお会いすることができましたが、さて、今回はどんなすごい方にお会いできるのでしょうか。さっそく街行く人にお話をうかがってみましょう！　ちょっとすみません！　お話おうかがいしてもいいですか！」

花春へ向かおうとクルーに背を向けた途端、大きな声が追いかけて来て、須美子は再び恐る恐る振り返った。しかし、呼び止められたのは須美子ではなく、ちょび髭氏は、近くを通りかかった黒いコートの女性にマイクを差し出していた。

(び、びっくりした……)

「赤いハイヒールに、すてきなバッグをお持ちのあなた、お話をおうかがいしてもよろしいですか」

「何?」

「えーと、失礼ですがお名前をうかがってもよろしいでしょうか」

「……山科亜希子《やましなあきこ》だけど」

「ありがとうございます。山科さん、あなたは人に自慢できる、すごいところがありますか?」

「あるわよ」

黒いコートの女性は、テレビクルーにもその後ろで見守る野次馬にも怯むことなく、突然の質問に即答した。

(あ、あの人——)

サングラスをしていなかったのですぐには分からなかったが、特徴的な出で立ちと、記憶に残る声にピンときた。先日、「北とぴあ」で和子や須美子にぶつかって、須美子が瀧野川八幡神社まで尾行したあの女性だった。

「お、なんとさっそく本日最初の『すごい人』の登場です。それでは、北区の商店街でお会いした山科亜希子さん！　あなたのすごいところはどこか、教えていただけますか！」

彼女にどんな特技があるのか興味が湧き、須美子は二十人ほど集まった野次馬の間に体を滑り込ませ聞き耳を立てた。

「わたしの父は有名画家よ」

須美子は先日、神社で絵を描いていた彼女の父親を思い出した。

「あ、あなたではなくて、お父様がすごい方なのですね」

「そうよ、とくに風景画はどれもすごい作品なの」

「なるほど。えーと、それであなた自身のすごいところもお聞かせいただけますか？」

「わたし？　だから、わたしは天才画家の娘」

「……えーと、分かりました。ちなみに、その画家であるお父様の名前を教えてください」

「わたしの父は山科権堂《ごんどう》よ」

彼女があまりにもったいぶった調子で言ったので、知らないのは自分だけだろうか――とスタッフや観衆の間に小さな緊張が走り、賑やかな商店街が一瞬、無音になった。

「――すみません、どなたですって？」

果敢に問い返したちょび髭氏も、知らなかったと見える。

「山、科、権、堂。駒込の画家・山科権堂よ、知らないの？」

今度は一語ずつ区切るように言い直した。

小さく「誰？」との声が聞こえ、次第に疑問がさざ波のように広がっていく。

「え、あ、ああ、あの文化勲章を授与された？」

「何それ、違うわよ」

「あ、じゃあ有名な国際コンクールで入選された方でしたっけ？」

「……そんなのに入選してないわよ」

「あ、失礼、じゃあ日展かな？」

「……じゃあ聞きますけどね、あなたはなんのコンクールで賞を獲ったのよ」

「ああ、いえいえ、そういう意味では……」

声高な口調で質問をし返す彼女に、ちょび髭氏も周りにいる野次馬も、あからさまな苦笑いを浮かべている。

「なんなのよいったい。まあいいわ、分かる人には分かるんだから。わたしの父はね、勲章やどっかの賞なんていう権威には媚びないの。そんなものもらわなくても、画壇では有名なんだから。すごい才能があるのよ！」

「ははあ、なるほど、分かりました。それでは今度は、あなたご自身のすごいところを教えていただけませんか？」

「だから、わたしは山科権堂の娘だってば。さっきから、そう言ってるでしょう」

ちょび髭氏がフッと冷めた目をして、「どうしましょう?」という表情でスタッフを見た。撮影陣の間ではちょっとした緊迫感が漂っているようだ。観衆越しに覗き見ると、カメラの横にいた若いスタッフが両手を広げてちょび髭氏に待つように合図して、その後ろでは女性スタッフが上司と思しき男性にスマホの画面を見せて何やら相談している。

「……いるよね、ああいうの。自分はなんの才能もないくせに、勘違いしている人」

近くにいた野次馬の一人がそう言うと、何人かがうんうんとうなずき、小声で囁き交わした。皆一様にニヤニヤしながら、事の成り行きを見守っている。

須美子はなんだかいたたまれない気持ちで視線を外したが、ふと地元の同級生が十年も前に言ったことが頭に浮かんだ。

「オレ、オリンピック選手の××と知り合いなんだぜ。すごいだろう」

同級生の彼が挙げた名前はメダルを獲った選手で、須美子でも知っている有名人だった。そのときは須美子も他のクラスメイトに同調して「へえ、そうなんだ。すごいね」と言ったが、今考えるとすごいのはその選手であって、同級生の彼ではない。

「――そもそも誰だよ山科権堂って。そんなにすごい人なら、有名になってるはずだろ。それを誰も知らないいんだから、あんたの父親たいしたことないんじゃねえの?」

不意にボリュームの上がったヤジが飛んで、須美子の回想は中断された。

皆が声高には言わなかった疑問を、須美子の斜め前にいた茶髪の青年が無遠慮に発してしまった。

「！」

亜希子が鋭い目つきでこちらをキッと睨みつける。

「そういうのはあれだよあれ、自画自賛じゃなくて、身内を褒める……えーと……」

「身びいきだな」

隣の髪の薄い小柄な男性の援護に「そう、それだ！」と茶髪が手を叩く。それを合図にしたように、「ほんと誰だよ、なんとか権堂って」、「聞いたことないぞ」、「趣味のレベルで画家名乗ってるやついるよなあ」と、先程まで声を潜めていた者まで、水を得た魚のように活き活きと発言し始めた。これはもう撮影どころではなく、カメラマンも諦めて重そうなカメラを肩から下ろした。

亜希子は黙ってしまったが、立ち去るでもなく、その場でわなわなと肩を震わせている。

「――わたしは素敵な絵だと思いました！」

野次馬たちの声が水を打ったように静まる。

（あ……）

気づけば口を衝いて出てしまっていた言葉に、須美子自身、すさまじく動揺した。すぐにでもその場を逃げ出したかったが、野次馬たちの無言の視線に足が動かない。

やがて「はい！　ありがとうございました！」とスタッフの一人が山科亜希子に駆け寄り、丁寧に御礼を言いながら道の脇へ誘導した。

カメラマンが相棒を担ぎ直し、ディレクターらしき人がキューを出すと、ちょび髭氏はまたテレビ用の表情になった。

「では次はどの方に声をかけましょうか！」

ちょび髭氏がキョロキョロと野次馬たちを見渡すと、皆、一様に目を逸らし距離を取る。

視線の鎖が外れた須美子も、そそくさとその場を離れて花春の店内へと逃げ込んだ。


「こ、こんにちは」

「須美ちゃん、いらっしゃい。あら、どうしたの真っ赤な顔をして」

育代はカウンターの上でノートを広げていた。花の在庫でも記帳していたのだろうか。顔を上げて須美子に気づくと、いつものまん丸な笑顔で迎えた。

須美子はいまの出来事で全身にびっしょり冷や汗をかいていたが、育代の笑顔にホッとし、「実は――」と、あったばかりの出来事を報告した。

「まあ、それは大変だったわねえ」

育代は優しく慰めてくれたが、少し落ち着きを取り戻した須美子は、自らの軽率な言動を悔いる気持ちが芽生え、一方では、それでも自分の行動は間違っていなかったという気持ちもあって、心の中で葛藤していた。

このあいだ瀧野川八幡神社で見た山科亜希子の父親の絵は純粋に素敵だった。亜希子のことは好きにはなれないが、父親を思う気持ちとあの絵の素晴らしさは本物だと思ったから、見たこともないのに口汚く罵《ののし》る群衆を須美子は許せなかったのだ。そして何より、周りに便乗して「そうだ、そうだ」と囃《はや》すしか能のない卑怯者は虫酸が走るほど大嫌いだ。あの場で黙っていたら、自分まで同じ種類の人間になってしまう――と、そう考えたときにはもう、言葉は口から出てしまっていた。

「でもまあ、その娘さんにも改善すべき点はありそうだけどね」

「……はい、それは確かにそうなんですよね」

「本当に才能がある人は、身内がアピールしなくてもいつか必ず認めてもらえるもの。だから、お父さんの才能を信じているのなら、自信を持ってどーんとそのときを待ち構えていればいいんじゃないかしら」

育代の意見に同意し、須美子は何度もうなずいた。

「あー、須美ちゃん、いま『亀の甲より年の功』って思ったでしょ？」

「そんなことはありませんよ」と笑いながら首を横に振ったあと、須美子は「あ、そうだ。ところで育代さん、突然変なことをお聞きしますけど、この商店街で女の子が何かに挟まれて失明するような事故ってありましたか？」と真顔で訊ねた。

「えっ⁉　本当に突然どうしたのよ？　そんな話、聞いたことないけど……」

「そうですか。じゃあ、この近所に小学校一、二年生くらいで、目の不自由なお子さんが住んでいるのを聞いたこと、ありませんか？」

「それもないけど……須美ちゃん、また何か調べているのね。分かったわ、村中さんに聞いてみてあげるわね」

そう言い終わらないうちに育代は受話器を握っていた。

育代曰く、ポリーシューズの村中はこの商店街のまとめ役のような存在であり、面倒見の良い性格も手伝って、困りごとはなんでもポリーシューズへ集まるのだそうだ。育代も大概にして豪放磊落《ごうほうらいらく》な性質だと思うが、その育代が褒めるのだから村中の器の大きさたるや推して知るべしだ。

（よく一緒に出掛けてるみたいだけど、仲が良いのは似たもの同士だからなのね）

須美子が余計な想像をしているうちに話を終えた育代は、「やっぱり知らないそうよ。霜降銀座だけじゃなく、この先の商店街でもそんな事故はないと思うって」と受話器を置いた。

商店街で少女の目が見えなくなるような大きな事故があれば、育代や村中の耳に入らないはずがない。

もしかしたら、ずいぶん昔の出来事なのだろうか――と須美子は思った。たとえば、母親のお腹の中にいるときに事故に遭い、生まれながらに……と、そこまで思考を進め、須美子は自分の考えに胸が痛み、大きく首を振った。

（……違う、そうじゃない。さっきは二人ともわたしのことをハッキリ見ていたんだった。もしかして、あの子たちじゃなくて似たような子が別に……ううん、それも違うわね）

須美子はすぐに打ち消した。そもそも、目の不自由な少女が毎日、手をつないで歩いていれば、この商店街のことだ、噂にならないはずがない。それこそ、まずは育代や村中の耳に入って然るべき情報だろう。

（商店街で一軒一軒、聞き込みをすれば目撃証言が得られるかもしれないわね）

そんな考えが浮かび、須美子はふと、自分の思考が危うい方向へ進んでいることに気づいた。

聞き込みは、雪江が嫌悪している探偵の真似事そのものズバリではないか。もしも大奥様の耳に入ったら——と、先ほどより強く須美子は首を振って自分の思いつきを振り払った。

5

興味津々の育代をなんとかごまかし、浅見家へ帰った須美子は、リビングで新聞を読んでいた雪江にお茶を出したあと、さりげなさを装って話しかけた。

「さきほど商店街でテレビ番組の撮影が行われていました」

「あらそう、どんな？」

雪江はさして興味もなさそうに、でも一応新聞から顔を上げた。

「『商店街すごい人グランプリ』という番組です。花春さんの少し向こうで撮影していましたが……あ、そういえば大奥様が例の女の子たちをご覧になったのも、そのあたりではなかったでしょうか」

「え？」

これでは結局ストレートに聞いたようなものだ。雪江は驚いた目を須美子に向けた。

「もうその話はやめましょう」と言われるかもしれないが、須美子は雪江に一刻も早く元気を取り戻してほしかった。そのためには、なんでもいいから謎を解くための糸口を見つけなければならない。

須美子が努めて他意はないという表情で待っていると、雪江は新聞を置き、老眼鏡を外して目頭を揉んだ。

「そうねえ、最初に会ったのは花春さんの何軒か手前でしたよ。花春さんがあって、洋品店、電器屋さん……」と雪江は、須美子も舌を巻くような記憶力で店の並びを諳んじた。

「その手前にほら昔からやってる喫茶店があるでしょう。あのあたりだったわね」

「昨日はいかがでしたか?」

「確かもっとずっと手前。薬局の前だったわねえ。店先にオレンジ色の象が置いてある……あら、そういえば、あの女の子たちのランドセルにもオレンジの服を着た……えーと、あれはうさぎだったかしら、お揃いのキーホルダーがついていましたねえ」

(やっぱり間違いない!)

ランドセルに揺れていたキーホルダーを思い出し、さっき自分が出会った少女たちが、雪江の目撃した二人であることを須美子は確信した。

しかし、この時点で「今日は二人とも目が見えていた」と言っても、雪江を余計に混乱させるだけだ。須美子は言葉を呑み込んで、「そうですか」とだけ答えた。

それにしても、雪江の記憶力には目を見張るものがある。少女たちの顔、ランドセルの色、それにキーホルダー……。惚けるどころか、若返っているのではないかと思うほどだ。

(さすが刑事局長と名探偵のご母堂様だわ。そうなると、やはり大奥様の記憶違いではなく、一日目と二日目で違う子が目を閉じていたということね。それにお耳だって、光彦坊っちゃまの悪口がドア越しにもハッキリ聞こえていたのだから悪くないはず。だから、少女たちの言葉も聞き間違いではないはず——)

思案に沈む須美子に何かを感じ取ったのか、その話題が続かぬように「わたくしはお部屋へ戻りますよ」と言い置いて、雪江は腰を上げた。

洗濯物を取り込みながら、須美子は解決すべき問題を整理してみることにした。
1．一日目、おかっぱの少女はなぜ目を閉じて歩いていたのか？
2．二日目、なぜ長い髪の少女の方が目を閉じていたのか？
3．三日目、なぜ二人とも目を開けていたのか？
4．目を閉じて歩いていたのは雪江が目撃した二日間だけなのか？　それとももっと前からで今日が例外だったのか？
5．「ここが挟まれた場所」「そう、そのせいで――」という会話の意味は？
6．『雪国』の冒頭と同じ、「長いトンネルを抜けると――」とはどういうことか？
7．須美子が聞いた「雪がいっぱい降ったらいいのにね」「うん。そうすれば――」という言葉は一連の出来事に関係があるのか？
まだまだ出て来そうな疑問に区切りをつけて、取り込んだ衣類を家事室へ運び入れる。ここは考え事をするにはもってこいの作業場だ。アイロンのスイッチを入れながら、須美子は再度、問題の検証に取りかかった。

雪江の不安を払拭するためには、少女たちが目を閉じていた理由と、事故だと思い込んでいる「挟まれた場所」の真意を伝えるのが一番だ。二人とも単に目を閉じていただけだということはこの時点でほぼ確定事項と考えていいから、解決への最短ルートは彼女たちに直接話を聞くことだ。しかし明日からの週末は学校が休みだから、商店街で長時間待ち伏せをしても必ず会えるとは限らない。須美子は別のアプローチで、自分なりに彼女たちの真意を推理できないかと考えた。

(目を閉じていた理由については、正直、さっぱり分からないのよね。そういう遊びだって言われればそんな気もするけど、あの哀しげな顔を見て「遊び」っていうのは違うような気が……)

須美子は少女たちが実際に口にした言葉がその行動のヒントになると仮定して、検討を進めることにした。

無意識のうちに手元の洗濯物はすでにたたみ終わり、仕分けも済み、あとはアイロン掛けを残すのみだ。須美子は充分に温まって蒸気を上げるアイロンを手に取った。

「さてと——」

少女たちの言葉でヒントになる単語は「長いトンネル」と「雪」。そして「挟まれた場所」だ。須美子が耳にした「雪がいっぱい降ったら……」という彼女たちの言葉は、雪江が聞いたという「長いトンネルを抜けると……」と合わせると、どうしても『雪国』に連想が向かってしまう。

『雪国』の冒頭、〔国境の長いトンネルを抜けると雪国であった。〕は、直後に〔夜の底が白くなった。〕という言葉が続く。これは越後湯沢温泉に向かっている主人公を乗せた列車が、群馬県から県境のトンネルを抜けて新潟県に入ると、突然、車窓に雪景色が広がったシーンの描写だ。

　小学三年生から英語を習う時代、内容についてはともかく、低学年の児童が『雪国』の冒頭を憶えていたからといって不思議ではないのかもしれない。

(昨日読んだときには気づかなかったけど、もしかしたら「挟まれた場所」も、『雪国』に関係がある言葉だったのかしら——？)

　物語を脳内で呼び起こしたが、記憶の限りでは「挟まれた場所」に繋がるような場面は思い当たらない。

「うーん……」

　一旦思考を止め、今度は彼女たちの視点で考え直してみようと、アイロン台に刑事局長のワイシャツを広げて気合いを入れた。

(子どもたちの視点、子どもならではの考え……そうか、子どもたちが言った言葉なのだから、そのままの意味で、長いトンネルを抜けてみればいいのかもしれない——)

　雪がいっぱい降るかは天候次第。しかも、いみじくも雪江の言ったとおり、春休みも迫ったこの時期の東京では、降雪確率もかなり低そうだ。

「挟まれた場所」は、雪江がその言葉を聞いた場所を須美子も何度も通っているが、それらしき物に心当たりはないし、育代も村中も知らず暗礁に乗り上げた。だが、トンネルなら自分の力で見つけられそうな気がする。

(よし! 子どもたちが行きそうな長いトンネルを調べてみよう)

幸い明日は土曜日だ。昼食の片付けが終われば、時間を気にせず出掛けられる。須美子は明日の天気を気にしながらアイロン台を片付けた。

6

翌日、履き慣れた靴に足を突っ込み、勝手口を出たところで須美子は立ち止まった。

(この街の長いトンネルってどこにあったかしら?)

昨夜もぐっすり眠ったはずなのに、須美子の頭には、春霞がかかったような近所の風景ばかりが思い起こされ、トンネルの映像は一つも浮かんで来ない。

「こうなったら船は帆まかせ帆は風まかせだわ」

肌をひんやりと撫でていく風に誘われ、須美子は足の向くまま王子駅方面へ向かった。

(そうだ。たしか、このあたりの地下を首都高速道路が通っているのじゃなかったかしら。これも長いトンネルよね……)

飛鳥山交差点の信号で立ち止まり、須美子は靴底で二度、軽くアスファルトを踏み鳴らす。だが、高速道路は歩行者進入禁止のはずだ。運転免許を持たない少女たちの会話には相応しくないと早々にその考えを捨て、青色の合図と共に歩き出す。

ＪＲの高架下まで来ると、須美子は頭上を見た。

（この場所も、子どもたちにとったらトンネルと言えるのかしら――）

ここは車道の両側に歩道があり、あの少女たちを見かけたあたりからも来られなくはない距離だ。

そういえば、王子駅の周辺には高架下を抜ける通路が何本かあったことを須美子は思い出した。どれも、およそ二、三十メートルほどだろうか。長い短いの基準は人それぞれだが、子どもにとってはこれくらいの距離でも長いトンネルなのかもしれない。

須美子は意気揚々といくつかある通路をくぐり抜けた。

だが、それぞれのトンネルを往復してみたが何もひらめかず、途中でヒントになりそうなものも見つけることは出来なかった。

（この先にある名主の滝公園までいけば、たしか近くに南橋トンネルっていうのがあった気がするけど……子どもの足にはちょっと遠いわよね。それに十条銀座商店街のアーケードも、子どもにとってはトンネルといえるかもしれないけれど、さらにその向こうだし……）

ここへきて、須美子は自分の行動が雲をつかむような捜索であることを、痛感せずにいられなかった。

(考えなしに歩いてみても、やっぱりダメね――)

気づけばとぼとぼと川沿いの遊歩道を歩いていた須美子は、あてもなく音無親水公園へと向かった。

音無親水公園は、飛鳥山と並ぶ東京都北区の観光スポットだ。日比谷公園や代々木公園と並び「日本の都市公園百選」にも名を連ねており、四季折々の風情を楽しむことができる。

木造の小さな舟串橋《ふなくしばし》の真ん中まで来て、数メートル下の公園を見下ろすと、まだ肌寒いこの時期でも、親子連れや子どもの集団で賑わっていた。

両足に疲労感を覚え橋の上でぼんやりしていると、どこからか「須美子姉ちゃーん」と呼ぶ少年の声が聞こえた。

声の主は少し上流の川縁で大きく両手を振っている。

小学二年生の木村健太《きむらけんた》だった。須美子とは、以前、ある都市伝説にまつわる出来事がきっかけで知り合い、今では花春で一緒にお茶を飲む年の離れた友人だ。

須美子も手を振り返して、健太の周囲を見渡した。兄の弘樹《ひろき》は一緒ではないらしい。友だちらしき同じ年頃の男の子ばかり数人が近くにいて、皆一様に須美子を見上げていた。

(そうか！　蛇の道は蛇、小学生のことは小学生に――よね)

「健太くーん！　トンネルがどこにあるか、知らない？」

須美子は両手を広げ親指を口の横にあてがい、距離のある健太に向かって声を投げかけた。

例の少女たちと同じくらいの年の健太は、トンネルと聞いてどこを思い浮かべるのだろうか。須美子は期待に胸を膨らませた。

健太は一瞬、周りの友人たちと目を見交わし「あそこ！」と上流の方角を指さす。

「……ああ、なるほど。音無橋の下の空間ね」

音無橋は旧岩槻街道が音無川を跨ぐ、長さ五十メートル、幅二十メートルほどあるコンクリート製の橋だ。大きさの違う三つのアーチによって支えられており、両側の小さいアーチの下を石畳の遊歩道が通過している。

須美子が舟串橋を戻ると、子どもたちが川縁から階段を駆け上がってきた。健太は須美子の手を摑み、ぐいぐい引っ張って音無橋へ向かう。

「ほらね、ここだよ」と健太は得意げに胸を張った。

この場所のことは知っていたが、駐輪場にも利用されているスペースでもあり、須美子はここにトンネルという認識は持っていなかった。

(子どもの目で見ると、こういうところもトンネルなのね……)

「……ねえ、健太くん。このトンネルって、小学生の間で有名な場所？」

子どもたちと橋の下を歩きながら、須美子は辺りを見回した。

「うん、みんな知ってるよ、ね？」と健太が友人たちに同意を求めると、少年らは口々に同意を示した。

「そう……」

「須美子姉ちゃん、トンネルがどうかしたの？」

「ううん、なんでもないの」

須美子は健太に答えてから、しかし……と考えた。

（ここを抜けても、同じような風景が続いているだけよね）

「あ、音無川もトンネルになってるって、先生が言ってたよ」

心の声が聞こえた訳ではないだろうが、健太の友人の一人がそう言いだすと、健太も他の友人たちも「言ってた、言ってた」と賛同した。

彼らが担任の教師に聞いたことには、音無川は小平市に端を発する石神井川の下流にあたり、本流は二本の暗渠となって飛鳥山公園の下を通過し、隅田川へと注いでいるのだそうだ。

そういえば須美子も、この音無親水公園は、元あった場所に人工的に復活させた河川公園だと聞いたことがあった。

確かに暗渠は間違いなく「長いトンネル」だが、一般の人が抜けられるとは思えない。

（ダメだわ。さっぱり分からない……）

途方に暮れた須美子は、小さくため息をついた。

「須美子姉ちゃん、育代おばさんのところに行く？」

「えっ？　特に決めてないけど……」

「じゃあ行こうよ」

「でも、健太くんはお友だちと遊んでいるんじゃないの？」

「朝から一緒に遊んでたんだけど、みんなこれからスイミングスクールの時間なんだって」

健太は少し淋しそうに言った。

「そうなのね。じゃあお菓子を買って、一緒に育代さんのところへ遊びに行きましょうか」

「うん！」

冬の木漏れ日のように、健太は目をきらきらと輝かせた。

須美子は暗礁に乗り上げた捜索を一旦打ち切り、乗り物好きな健太を連れて、飛鳥山公園の停留所からコミュニティバスに乗った。たった五分の乗車だが、窓の外や車内を眺めてはしゃぐ無邪気な健太に、須美子は救われる思いだった。

旧古河庭園の停留所でバスを降りると、須美子は健太と手を繋ぎ平塚神社の境内にある平塚亭へと向かった。ここは以前、イートインのできるスペースもあったそうだが、今は店売りだけになっている。歴史を感じさせるショーケースには、今日も美味しそうな和菓子が所狭しと並んでいた。

「こんにちは」

「あら、須美ちゃん。いらっしゃい。大奥様も坊っちゃんもお変わりない?」

ふくふくとした大福のように色白の女将さんが、のんびりとした口調で迎えてくれる。

ここ何か月かの間に何度も訪れていたのだが、タイミングが悪かったのか、この優しい笑顔に会えるのは久しぶりだった。

「はい。おばさまもお元気そうで何よりです」

「今日は可愛いお客さんも一緒なのね」

女将さんは目を細めて健太の顔を覗き込む。

「おばさん、こんにちは」

元気に挨拶し、健太はニッと白い歯を見せた。

悩みに悩んで健太が選んだ豆大福とみたらし団子を五個ずつ包んでもらい、二人は花春へと向かった。

「ぼくが持つ!」

健太は須美子から包みを受け取り、中身が傾かないよう両手で目の前に捧げ持って歩いた。その無邪気で楽しげな様子を見るにつけ、まるで雪のように儚く消えてしまいそうな少女たちを思い出さずにはいられない。

（あの少女たちの瞳には、いったい何が見えていたの？　目を閉じると何が見え……あっ！）

「そうか。目を閉じたのは見たくないものを見ないようにするためだったのかもしれない。じゃあ、いったい何を見ないようにしていたのか……」

「どうしたの須美子姉ちゃん、それなぞなぞ？」と健太が不思議そうに振り返った。

須美子は心の声が口から漏れていたことに気づき、赤くなった顔の前でせわしなく手を振る。

「あ、ちがうのよ。独り言。……そうだ。健太くん、育代さんのところへ行く前に、ちょっとだけ実験に付き合ってくれるかな？」

「いいよ。どんな実験？」

須美子が照れ隠しにそう提案すると、健太は素直についてきた。

花春を通過し、雪江が少女を見たと言っていた喫茶店の前で立ち止まる。

「健太くん、ここからわたしが目を瞑って歩くから、危なくないようにむこうの薬局のところまで手を引いて誘導してくれないかな？」

単なる思いつきだが、須美子はあの少女たちの行動を再現してみたら、何か分かるような気がした。

「？」

健太は一瞬不思議そうな顔で須美子を見上げたが、すぐに「分かった！」とうなずくと、和菓子の包みを須美子の左手に預け、右手をしっかりと握った。

「じゃあいくよ？」

「いいわよ」

包みが傾かないように、そして須美子が人にぶつからないようにと、須美子ばかりか健太もごく慎重に歩を進める。二、三分ほど経っただろうか、「着いたよ」と健太が立ち止まった。

目を開けると、いつもの慣れ親しんだ商店街が広がっている。しかし特に何か目新しい発見があるわけでもなく、見えるという安心感をかみしめただけだった。

須美子は諦めきれず、「もう一回、やってみてもいい？ 今度は今来た道を戻ってみてほしいんだけど」と健太の手を握り直した。

「いいよ」

健太の方も慣れてきたのか、今度は人を避けながらスムーズに須美子を誘導した。

（あら……？）

須美子は靴裏に何か違和感を感じたが、「着いたよ」と健太が手を離すまで目を閉じたまま歩いた。そこは、先ほどの喫茶店を通り過ぎて、もう花春の店の前だった。「早くお団子食べたくて、ちょっと行き過ぎちゃった」と健太は舌を出し、須美子から「もう一回」と言われるのを恐れるように、急いで花春へ飛び込んでいった。

（やっぱりダメね……）

名残惜しげに往復した道を振り返り、須美子が花春のドアへ向かおうと方向転換したときだった。後ろから来た女性に気づかず、うっかり肩をぶつけてしまった。

「あ、ごめんなさい」

「いいえ、わたしが悪いんです。すみませんでした」

頭を下げる須美子の声に被さるように、相手の謝罪が続いた。

ふと覚えのある香りに須美子が顔を上げると、相手の女性と目が合う。

二人揃って「あっ」と口を開けて、一瞬固まった。だがすぐに、相手の女性は「……あの、ありがとう」とぎこちない笑みを浮かべると、駆け出すように去って行った。

「えっ！」

黒いコートに赤いハイヒール、肩から提げた色鮮やかなバッグ。ぶつかった相手は山科亜希子であった。

笑顔を見せたこと、そして高飛車な印象だった彼女が自分に礼を言ったことに、須美子は仰天した。しばらくは狐につままれたような気持ちで、別人のように雰囲気が違ってしまった彼女の後ろ姿を見送っていた。

(あ、そういえば——)

ふと、先日のインタビューが脳裏をよぎった。

『——駒込の画家・山科権堂よ、知らないの？』

(そうか！　だから、あのときスタッフたちが困っていたのね——)

ひとり得心していると、「須美子姉ちゃん、何やってるの？　早くおいでよ」と、花春のドアが開き、須美子の持っている団子に視線を向けた健太が大きく手招きした。

「あ、ごめんごめん、今行くわね」

須美子がドアに手を伸ばすと、健太が「あ、美紀《みき》ちゃんだ！」と須美子の後ろを指さした。

振り返ると、「しもふり」と書かれた街灯ポールのそばを、桜色のセーターに紺色のタータンチェックのスカートを穿いた倉田《くらた》美紀が、とぼとぼとこちらへ向かってくるのが見えた。彼女は健太のクラスメイトで、須美子が以前、予知夢を見る鳥にまつわる事件で知り合った少女だ。

健太は須美子の脇をすり抜けて、美紀のもとへ駆けて行った。須美子も、菓子の包みを持ったまま追随する。

「こんにちは美紀ちゃん」

「あ、健太くんと須美子お姉さん」と美紀は一瞬笑顔を浮かべたあと、「こんにちは……」

と語尾と合わせて表情も弱々しくなった。

「これから花春でおやつを食べるんだけど。美紀ちゃんも一緒にどう？」

「行こうよ美紀ちゃん。育代おばさんのとこ」

須美子と健太の誘いに、少し迷いを見せた美紀だったが「……うん」とうなずいた。


育代が淹れてくれた温かいお茶がテーブルに置かれるやいなや、健太はみたらし団子に手を伸ばす。タレが指につかないよう串の端っこを持とうとするが、そうすると団子の重みで持ち上がらない。その様子を育代がおかしそうに見守っている。

「美紀ちゃんも食べてね」

須美子に言われてうなずいた美紀も、「いただきます」とみたらし団子の串を手に取った。

「そういえば……」と、世間話のように、須美子は先ほどまた例の女性に出会ったことを育代に話した。いつもなら自分からぶつかってきても謝らないような人が、今日は素直に頭を下げ、しかもなぜだか「ありがとう」とまで言われた——と不思議そうに説明する須美子に、育代も「へえ」と目を丸くする。

「何か心境の変化があったんでしょうね」

「心境の変化……ですか」

「わたしの推理によると、そのきっかけは、インタビューのときに須美ちゃんがみんなに向かって、お父さんの絵を褒めてあげたことなんじゃないかしら」

「え、あんなことでですか？」

「うん、まあ、ただの憶測だけどね。世間にお父さんの絵が認めてもらえなくて、段々と心に余裕がなくなってしまっていただけで、本当はきっと、素直な女性なんじゃないかしら」

「……確かにそのとおりかもしれません」

須美子は先日、瀧野川八幡神社で盗み聞きした山科親子の穏やかなやりとりを思い出し、彼女を色眼鏡で見ていたかもしれないと反省した。そして「育代さん、名探偵ですね！」といつも須美子が言われてばかりのセリフを、いたずらっぽく付け加えた。

すると育代は思いのほか喜んで、「え、本当？　わたし名探偵みたい？」と、お団子を頬張りもごもごしている子どもたちに問いかけ、いささか無理矢理に「うん」と言わせた。

「じゃあその名探偵の育代おばさんがいま、気になっている謎を発表します。今日の美紀ちゃんはちょっと元気がないようなのです」

育代はそこで言葉を区切ると、体を美紀の方に向けて「ねえ美紀ちゃん。誰かに嫌なことをされたの？　何があったか、名探偵にお話ししてちょうだいね」と心配そうに少女の顔をのぞき込んだ。

美紀は、まだ一つ残っている団子の串を皿に置くと、何かを思い出したように深刻そうな顔をした。

「……あのね」

「うん」

育代はうなずき続きを待っている。須美子は耳だけ傾け、美紀が話しやすいよう目は団子を食べ終わって豆大福に手を伸ばす健太に向けた。

「……昨日学校でね、凛々奈《りりな》ちゃんと萌枝《もえ》ちゃんが泣いてたの。どうしたのって聞いたら、凛々奈ちゃん、引っ越しちゃうんだって」

「え、本当！」

豆大福を握ったまま健太が驚きの声をあげた。

「ええと……それは同じクラスの子？」

育代が質問すると健太が「うん、そうだよ。凛々奈ちゃんも萌枝ちゃんも、ぼくと美紀ちゃんと同じクラスなんだ」と説明し、「それで、凛々奈ちゃんどこに引っ越すの？　遠く？」と真剣な表情で美紀に向き直った。

「萌枝ちゃんちの近くだって」

そう答えた美紀は、凛々奈が本当に引っ越すのかを、萌枝の家に行って聞いてみようと悩んでいたところを、健太と須美子に誘われたのだと話した。

「えっと、どういうことなのかしら……」

育代は首を傾げた。同じクラスの子の家の近くに引っ越すということが、どうして泣くことになるのか、そして美紀まで悲しむことになるのか、育代だけでなく須美子もさっぱり話が見えなかった。

「あれ、でも萌枝ちゃんと凜々奈ちゃんって、今も近くに住んでいなかったっけ？　たしかすぐその辺りだったよね」

健太は育代と須美子を置き去りにして、美紀の事情聴取に夢中になっている。

「うん。そうだけど、もっと萌枝ちゃんちの近くに引っ越すんだって」

「もっと近くになるんなら、嬉しいはずじゃん。なんで二人とも泣いてたの？」

「お父さんが、転校だって言ってたんだって……」

「え、どういうこと？　なんで？」

訳が分からないという顔で、健太は少し責めるような口調で美紀に訊ねる。

「……分かんない」

美紀は消え入りそうな声で言い、俯いたまま力なく首を振った。美紀が黙ったので、育代がおずおずと口を開いた。

「……あの、もしかして萌枝ちゃんって、そこの神永《かみなが》洋品店の萌枝ちゃん？」

「あ、そうだよ！　育代おばさん知ってるの？」

ずっと持ったままだった豆大福をようやく一齧《ひとかじ》りした健太が、もごもごと答えた。

「ええ、神永洋品店さんは商店街の会合でもよくお会いするし、ご近所さんですからね」

「じゃあさ、凜々奈ちゃんのことは？　大川《おおかわ》凜々奈ちゃん」

「大川さんか……覚えがないわねえ。お家はお店屋さんかしら？」

「ううん、違うと思う」

健太は豆大福の詰まった頬を、ハムスターのようにせわしなく動かしながら首を振った。

「あら、でもそういえば、神永洋品店さんのお向かいの空き店舗を壊して新しいお家が建つかもって噂があったわね――」

「ああっ！」

それまで黙って話を聞いていた須美子の脳裏に、突然ひらめくことがあった。「そうか、だからあんなことを……あれ、でも、確か――」と、天を仰ぎ顎に指を当てて、大きな独り言を呟き続ける。

「ど、どうしたのよ須美ちゃん。びっくりするじゃない」

育代はよほど驚いたのか、胸を押さえながら、まあるい頬を目いっぱい膨らませた。

「わたし、分かっちゃったかも知れません！」

育代に詰め寄り、須美子は興奮のままに告げる。須美子の中で、すべての出来事が一本の線で繋がった瞬間だった。

「さすが本物の名探偵・須美子姉ちゃん！　ところで、何が分かったの？」

大福を飲み込んだ健太がにこにこしながらそう言うと、あっという間に名探偵の座を奪われた育代は肩を落としたが、美紀は期待のまなざしを須美子に向けた。

「もう、健太くんたら、わたしは名探偵なんかじゃありません。あ、でもちょっと待ってね。確かめてみないと」

須美子は育代に電話と電話帳を借りようとして、はたと気づいた。

「あ、今日は土曜日だわ。どうしよう……そうだ、あの人ならもしかして。育代さん、お願いがあるんですけど」

「なんでも言ってちょうだい」

ドンと胸を叩く育代の耳元で、須美子は「ポリーシューズの村中さんに聞いていただきたいことがあるんですけど――」と用件を伝えた。

「分かったわ聞いてみるわね」

育代はすぐにカウンターの上の受話器を取った。

須美子は口の周りに白い粉がついた健太にウェットティッシュを差し出し、美紀には「大丈夫よ」と言って、串に残った最後の団子を食べるよう促す。

「須美子ちゃんの言うとおりだったわよ。以前、お孫さんの――」

通話を終えた育代がみたらし団子のように顔を輝かせ、話してくれた。

「やっぱり……。美紀ちゃん、凜々奈ちゃんと萌枝ちゃんに会ったら、伝えてあげてくれるかな、あのね――」

7

月曜日、花春にやってきた健太と美紀から話を聞いたあと、須美子が浅見家に戻ると、雪江が花を活け替え終えたところだった。生け花の善し悪しはいまだ理解できているとは言えないが、普段より全体の雰囲気に勢いがないような気がする。

土曜日は須美子自身が外出していたので分からないが、昨日も今日も、雪江は散歩に出掛けていない。意識して雪江の足を注視していたが、鼻緒ずれしたというのは、やはり方便だったようだ。

「大奥様、お茶でもいかがですか？」

「あら、ありがとう須美ちゃん。お夕食の準備までにはまだ少し時間があるでしょう。あなたも一緒にどう？　このあいだ、中西さんから頂戴したお土産の最中、あれをいただきましょうよ」

いつもなら遠慮する須美子だが、「ありがとうございます。ではお言葉に甘えてご相伴させてください」と、二人分のお茶を淹れ、最中を茶器に載せてリビングへと戻った。

「美味しいわね。あんこの甘さがちょうどいいわ」

「あの、大奥様。今日たまたま花春さんで近所の子どもたちが話しているのを耳にしたのですが――」と前置きをして、須美子は慎重に言葉を選んだ。雪江は最中を頬張りながら、目だけで「？」と返事をした。

「大奥様がご覧になった女の子たちは、どちらも目が不自由なわけではありませんでした」

「……………」

雪江は、もうその話はよしてほしいとでもいうように眉をひそめたが、気づかないふりをして須美子は言葉を続けた。

「あの子たちはやはり、ただ順番に目を閉じて歩いていただけだったのです」

雪江は一口お茶を飲んでから、「……本当なの？」と首を傾げた。

「はい。髪の長い子は神永萌枝ちゃん、おかっぱの子は大川凜々奈ちゃんと言う名前なのですが、同じクラスの子どもたちから聞きましたので間違いありません」

「……ああ、そうなのね。よかったわ……でも、どうしてあの子たちは目を瞑っていたのかしらねえ。それに『ここが挟まれた場所』って言うのはなんだったのかしら？」

二人の少女の目が不自由でなかったことに安心したのか、雪江の表情が和らいだ。

「それは大奥様が、少女たちと会った場所が問題だったのです」

「どういうこと？」

「二人にとって見たくない場所だったため、代わる代わる目を閉じていたんだそうです」

「あのあたりに、そんな変なものがあったかしら——」

雪江は視線を宙にさまよわせた。

「それが『挟まれた場所』なのですが……」

「やっぱり……何かの事故があった場所なのね」

再び顔をしかめた雪江に、須美子は慌てて両手を目の前で振った。

「あ、すみません、言葉足らずでした。『挟まれた場所』とは北区と北区に挟まれた場所、という意味です。あの商店街の——」

「ああ、豊島区の染井銀座のことね！」

「はい。ご存じでしたか」

「ええ、たしか道路の模様や街灯が違うのよね」

「そのとおりです。そして、大奥様が少女たちをご覧になったのは、どちらの日も染井銀座商店街にいらしたときだったのです」

長年ここに住んでいるだけあって、どうやら雪江も知っていたようだ。

須美子がいつも行く商店街は、西ヶ原商店街、染井銀座商店街、霜降銀座商店街の三つが一本の道に長く連なっている。そして四百メートルほどある真ん中の染井銀座商店街だけは、行政区が北区ではなく隣の豊島区に属しているのだ。

思えば例の『商店街すごい人グランプリ』もそうだった。テーマが北区の商店街なのに、亜希子が自慢したのが「駒込の画家・山科権堂」だったから、そのことに気づいたスタッフたちは彼女をもてあましていたのだと、須美子はあとになって納得した。駒込は染井と同じく豊島区の地区名である。それに思い至ったあとだったので、美紀の話を聞いた須美子は芋づる式に、少女たちの心配事、そして謎の行動や言葉の意味を理解できたのだ。

それにしてもさすが大奥様ね——と、須美子はまたも雪江の記憶力の良さに舌を巻いた。確かに街灯のデザインや装飾、足下のカラーブロックの形や模様も違っている。須美子は目を瞑って歩いたときに、靴裏から伝わる微妙な感触の差に違和感を覚えたが、普通に買い物をしているだけでは気にも留めなかっただろう。

「……でも、どうして豊島区は見たくない場所なのかしら。とってもいいところよ。染井銀座商店街だって美味しい物もたくさんあるし、素敵な喫茶店だって……」

「今になってみればただの勘違いだったのですが……」

須美子は一口お茶を飲んで、居住まいを正した。

「おかっぱの凜々奈ちゃんは商店街の裏手に住んでいて、髪の長い萌枝ちゃんは霜降銀座商店街の神永洋品店のお嬢さんなのですが、二人とも滝野川小学校の二年生です。それでですね、今度、凜々奈ちゃんのお家が、神永洋品店の真向かいに引っ越すことになったそうなのですが、そこの住所は豊島区になるのです」

「お向かいなのに？」

「はい。ちょうど区界《くざかい》に当たるのだそうです」

「凛々奈ちゃんのお家は染井銀座商店街に属することになるのね。それで？」

「親友の萌枝ちゃんの家との距離がさらに近くになると喜んだのもつかの間、凛々奈ちゃんは、北区から豊島区へ引っ越すと、豊島区の学校へ転校しなければならないのではないかと両親が話しているのを立ち聞きしてしまったのだそうです。ショックを受けた凛々奈ちゃんは、仲良しの萌枝ちゃんにそのことを伝えました。そのとき、両親の会話に出て来た『北区に挟まれているけど豊島区』という象徴的な言葉が二人の深刻な悩みの種になったわけです。いつもなら神永洋品店の前で別れるそうですが、凛々奈ちゃんは家に帰って転校を宣告されたら——と、怖くて真っ直ぐ帰宅できず、ああして毎日、商店街を西ヶ原の方まで行っては戻って来ることを繰り返していたようです」

「……そうだったのね、それはかわいそうに。……あら、でも、本当に転校しなくてはいけないのかしら……ああ、それが須美ちゃんが言った勘違いなのね」

「はい、そうなのです」

　雪江の言うとおり、須美子も転校せずに済む方法があるのではないかと、この街のことならなんでも知っていそうな村中に、育代から聞いてもらったのだ。

『──以前、お孫さんの同級生が隣町に引っ越したことがあったそうだけど、ずっと滝野川小学校に通い続けていたそうよ。たしか、「区域外就学」とかいう制度があるんじゃないかって』

須美子は美紀に「凜々奈ちゃんは転校しなくて大丈夫だから、ご両親に聞くように伝えてあげて」と伝言を頼んだ。凜々奈の両親はすでにそのことを知っているかもしれないし、もし知らなくても学校や区役所に聞けば、すぐに教えてもらえる。

「あの子たちは、『転校なんていや。目を閉じて歩けば長いトンネルみたいなもので、北区と北区は繋がってるのに』と話していたそうです」

「ああ、あれは『雪国』の冒頭じゃなかったのね」

「はい」

あの日、須美子が聞いた「雪がいっぱい降ったらいいのにね」というのも、降り積もった雪に区界が埋もれて見えなくなったら、問題もうやむやになるのではという実に子どもらしい発想だったが、しかしそれは滅多に降ることのない春の雪に願いを託した、少女たちの切なる希《のぞ》みだったのだろう。

「区界の長いトンネルを抜けると、そこはまた北区であった──ね」

そう言った雪江の表情も、暗く長いトンネルから抜け出したように明るさを取り戻していた。

8

久々の晴れ間に飛鳥山の桜が咲き始めたそうだ。雲間から春の陽光が差したのは、実に五日ぶりであった。

「今日はお散歩に行けそうだわねえ」

朝食の席でそう言うと、家族は口を揃えて「ようやく晴れましたね」と雪江の外出を喜んでくれた。

昼下がり、少し遅くなってしまったが、雪江がいつもより暖かい格好をして玄関に向かうと、須美子が玄関に二度しか履いていない草履を揃えてくれていた。

「大奥様、晴れていてもだいぶ冷え込んできましたので、お気をつけて」

雪江が一人で外出することへの心配は薄らいだらしい。

「ええ、行ってきますよ」

須美子に笑顔を向けてから玄関のドアを開けた。

門を出る際、桜を見に行こうかという考えが頭をよぎったが、雪江は飛鳥山とは逆方向の商店街通りへと向かった。

西ヶ原商店街を過ぎ、染井銀座商店街に入ると少し歩を緩めた。

染井は、桜の品種として最もポピュラーな染井吉野で有名な地名だ。染井吉野は江戸時代、この染井村に多く住んでいた植木職人たちの手によって生み出された、エドヒガンとオオシマザクラの交配種で、当初は桜の名所、吉野山にちなんで吉野桜などと呼んで売り出したのが、吉野山に実際に咲いている山桜との混同を防ぐために染井村の名を取って染井吉野としたのだそうだ。

桜は商店街の街灯に吊された旗にも使われている。マスコットキャラクターの「セレサちゃん」というのだそうだ。桜を意味するスペイン語の「セレッソ」から名付けられたと、以前雪江も地元のタウン誌で読んだことがあった。

(今日は会えるかしら——)

セレサちゃんの笑顔を見上げながら、そんな期待のつぼみが雪江の中で膨らみはじめていた。

久しぶりの晴れ間、しかも土曜日で、商店街の人出はかなりのものだ。人と自転車を避けながら、雪江は注意深く周囲に目を配ってゆっくりと歩いた。

「早く早く!」

「ちょっと待って」

雪江がハッとして目をやると、あの少女たちが白い息を吐きながら手を繋いで人混みを駆けてきた。もちろん二人とも目を開けて、何やら嬉しそうに笑い合っている。どうやら、ここはもう長いトンネルではなくなったようだ。

「――ねえ見て」

長い髪の少女が歩を緩めて指さした空を、おかっぱ頭の少女が見上げる。

「お空にはどこにも境目がないね」

「ホント、ずーっとあっちまで一緒だね」

二人と一緒に雪江も霜降銀座商店街へと続く細長い空に首を巡らす。先ほどまで見えていた青空は鉛色の雲に遮られ、急に気温も下がってきた。だが、二人の笑顔を見ることができ、雪江の気持ちはこの上なく晴れやかだった。

（あの子たちが元気に、大きくなりますように）

楽しそうに歓声を上げて人混みに紛れて行く二人を見送っていた雪江は、すぐ目の前で鳴った自転車のベルに驚いて我に返った。

（気をつけないと）

うっかり怪我でもした日には、ほら見たことかと光彦から年寄り扱いされるに決まっている。それに健康のために散歩を始めたのに事故に遭っては、元も子もない。雪江は目の前の往来に注意を戻し、霜降銀座商店街の端を目指して散歩を再開した。

「お母さん」

どこからか、幼い少女の声が聞こえた。

思わず雪江は振り返った。当然、自分のことでないのは分かっていたのだが、その声が長女の幼少期によく似ていたのだ。

抱っこ紐に赤ん坊を抱えた母親に駆け寄った、五歳くらいの少女が発したようだ。

「どうしたの、ユウコ?」

再び歩きだそうとした雪江の足が、母親の返事でまた停滞した。

(祐子……)

白いため息が口から漏れる。二人の少女の笑顔に、一旦は開花した雪江の気持ちが、見る間にしぼんでいくのが自分でも分かった。

娘の祐子はいつもおとなしく奥ゆかしい、庭の片隅で楚々と咲くスズランのような存在だった。誰からも愛された彼女は、二十一のときに旅先で災禍に遭い、その短い人生に幕を下ろした。

無意識にその親子から逃げるように、雪江は三度《みたび》歩き始めた。

雪江には、今でも悔やんでいることがある。

友人と卒業論文の研究のために出掛けた旅先で、帰らぬ人となった祐子を迎えに行ったとき、雪江は娘の体面や名誉を重んじるあまり、結果的に死の真相をうやむやにしてしまったのだ。我ながらあのときは情けないほどに動揺し、混乱していたと、今では思う。

しかし、自分と同じように動転した陽一郎とは違い、悲しみに打ちひしがれながらも、光彦だけは心のどこかに冷静な目を宿していた。そして、祐子の潔白を信じ、八年もの間、妹への愛情を片時も忘れず、正義の炎を静かに燃やし続けていたのだ（内田康夫『後鳥羽伝説殺人事件』参照）。

「あの子がいなければ、今でも祐子の死の真相は闇の中だったかもしれない……」

誰にも聞こえないほどの小さな声を洩らし、ほう、と細く白い息を吐いた。

祐子がいなくなってからの浅見家は、灯が消えたような毎日だった。やんちゃ盛りだった孫の雅人も、あのときばかりはショックで何日もろくに口をきかなかった。その年の春に来たばかりだった須美子も、さぞ戸惑ったに違いない。

そして、暗い沼から少しずつ引っ張り上げてくれたのもまた光彦だった。時にピエロを演じ、わざと雪江に叱られることで、浅見家に春の風を送り続けてくれた。

喧噪の中を折り返し、ゆっくりと歩きながら、雪江は二人の息子を思った。

あれから長男の陽一郎は冷静さを旨とする、警察庁刑事局長の要職に就いた。

光彦は本業のルポライターの傍ら、探偵のまねごとに夢中になり、いまではどちらが本業なのか分からないような有様だ。明治以来、代々高級官僚を輩出してきた浅見家の家風とは違うが、あれは光彦なりの正義を貫いているのだと、雪江は心の底では認めている。

陽一郎には立派な仕事と家族があるから、雪江も多少の遠慮が働く。その点、光彦は定職に就かずいつまでもフラフラしていて頼りないが、雪江が頼めば、なんだかんだと言いつも望みを叶えてくれる。子どものころから人の気持ちの分かる思いやりのある子だった。口には出さないが、雪江はいざというときに助けてくれるのは光彦だろうと確信していた。

(佐和子はどうしているかしら——)

遠くアメリカの地で暮らしている末娘のことを考えているうちに、気づけばもう自宅の前まで来ていた。

門を開けようと手を伸ばすと強い風に雪江の手が止まる。天気予報よりもずいぶんと気温が下がってきているようだ。寒風と寂寥感が体の芯まで凍らせていくようで、思わずその場で立ちすくんだ。

ふと見上げた空に桃色の花びらが舞ったような気がした。

飛鳥山からここまで風に乗ってやってきたのだろうか——と、雪江は一瞬考えたが、今朝、咲き始めたばかりの桜が舞うはずがないと自分の見間違いに苦笑した。

「散る桜……」

不意に雪江の口から言葉がこぼれ落ちた。雪江自身、なぜ急にそんなことをと驚いたが、すぐに得心した。

(ああ、そうね……もう七十年も歩んできたのよね)

雪江は数日来、心の中でどんよりと居座っていた物憂さの正体が、先にあちらへ行ってしまった祐子と夫の秀一を思い出したせいだと思っていた。だが、それだけではなかった。終わりの見えてきた人生は、ずっと会えなかった二人に近づく代わりに、子どもたちやこの家に住む家族たちと会えなくなることも意味している。その淋しさ、そして人の世の儚さを感じ始めたからなのかもしれないと気づいた。

「散る桜、残る桜も、散る桜……」

今度は自覚して良寛和尚の句を呟いたあと、でも、今は——と背筋を伸ばし、帰る場所へと一歩踏み出した。

9

須美子が庭で洗濯物を取り込んでいると、雪江が門を開けるのが見えた。

「お帰りなさいませ大奥様。思ったより冷え込んで来ましたが大丈夫でしたか」

「須美ちゃん、ただいま。大丈夫よ」

「なんだか雲行きが怪しくなってまいりましたね」

須美子が振り仰ぐと、雪江もつられたように寒そうに肩をすくめ、今にも泣き出しそうな空を一緒に見上げた。

「あっ！」

最初に気づいたのは須美子だった。「大奥様、雪ですよ！」

須美子が両手を空に突きだす。

「あら、本当、桜も咲き始めたこんな季節に……」

「驚きましたね」

どこかから風に運ばれてきただけだったのか、見上げてもなかなか次の雪は落ちて来ない。

「今度また雪が降ったら……」

ぽつりと雪江が呟いた。

『今となっては叶わぬ願いですけどね――』

そう言ってため息をついた淋しそうな顔が蘇り、須美子は「雪見のお団子でも買ってくればよかったですね。でも通り雨ならぬ通り雪で本降りにはならないのでしょうか」とむやみにはしゃいでみせた。

「――それは雅人が悪いんでしょう！」

「お姉ちゃんだよ！」

ふと、門の外から智美と雅人の小競り合いが近づいてくるのが聞こえた。別々に出掛けたはずだが、どこかで一緒になったようだ。

救いの神とばかりに須美子は門まで行って、「お帰りなさいませ、智美お嬢様、雅人坊っちゃま」と迎え入れた。

「あ、聞いてよ須美ちゃん、雅人ったらね」

「違うよ須美ちゃん、お姉ちゃんが……」

「およしなさい二人とも。ご近所中に聞こえてしまいますよ」

孫を叱る雪江の口調に不満の色はなく、それどころか須美子にはなんだか嬉しそうに聞こえた。

「どうしたの二人とも」

子どもたちの大声に、和子も玄関から顔を出した。

「あ、お母さん、あのね――」

雅人がトーンを落としつつなおも何か言い募ろうとするのを、小気味よいエンジン音が遮る。雅人は言いかけた言葉を引っ込めて、代わりに「あ、叔父さんだ！」と白いソアラを指さした。

口々に「おかえりなさい」と迎えたので、ソアラから降りてきた光彦は「うう寒い。なんだ、みんな揃って僕の帰還を祝ってくれるのかい」と照れくさそうに後ろ手にドアを閉めた。

「まったく、この子はいつまでも馬鹿なことばかり言って」

雪江が嘆かわしげに口にする小言も、須美子には最大限の歓喜に聞こえた。

「あれ、お父さんじゃない？」

ソアラの長い鼻先を塞ぐように、今度は黒塗りの高級車が滑り込み、ほどなくして後部座席から陽一郎が姿を現した。

「どうしたんだい、みんな揃って、こんな寒空の下で」

「こんな時間にどうなさったの？　今日の休日出勤は夜までかかるっておっしゃってたのに……」

和子は予定と違う夫の帰宅に何かあったのではと心配そうだ。

「明日の朝、夜明け前に出発することになってね、その準備があるので今日は早めに引き上げてきたんだ。……ああ、なんだ雪を見ていたのか」

陽一郎が目の前を横切った白い欠片を目で追った。

「あれ、本当だ」

「気づかなかったわ」

智美と雅人も並んで空を見上げると、それを合図にしたように、桜の花びらほどの雪が風に舞い踊る。

「大奥様。春の雪、皆様でご覧になることができましたね」

須美子がそっと伝えると、雪江も「ええ」と目を細めた。

その横顔に、須美子は、自分の知らない二十二年前の雪江の姿をダブらせた。時に厳しく、でもとても温かい、長い間浅見家を包んできた大きな愛——。

「二十二年前の雪のときは、大奥様に大旦那様と旦那様、光彦坊っちゃま、祐子お嬢様、佐和子お嬢様の六人、それにキヨさんもいらしたんですよね？」

　自分は存在しない思い出の一ページを、須美子は少し羨ましいような気持ちで想像した。

「ええ、そうね。佐和子はニューヨークに行ったきりだから、あのときも今も、この家は七人家族なのね」

　雪江がキヨも家族として数えてくれたことが、須美子は嬉しかった。

（今は、大奥様、旦那様、若奥様、智美お嬢様、雅人坊っちゃまに光彦坊っちゃま、それに佐和子お嬢様の七人——あれ、でも佐和子お嬢様はニューヨークに行ったきりだからって……）

　指を折り、首を傾げる須美子に雪江は微笑んだ。

「須美ちゃんもわたくしたち家族の一員でしょう。みんなが毎日安心して過ごせるのは、須美ちゃんのお陰だといつも感謝していますよ」

　時ならぬ褒め言葉に、須美子はぽかんと口を開けた。

「そんな、わたしが家族の一員だなんて恐れ多いことです……」

　すぐにそう口にするが、「いつもみんなを見守ってくれてありがとう」と雪江に微笑まれ、須美子の体の真ん中にポッと小さな火がともる。

（ダメよ、大奥様は気を遣って言ってくださっただけ。わたしはただのお手伝いなんだから……）

調子に乗って喜んではいけないと真一文字に口を結び、須美子は気を引き締めようとする。

だが、オレンジ色の温かい感情が全身を駆け巡り、想いを抑えきれなくなっていく。

（でも、少しだけ、あの雪が落ちてくるまでの間だけでも――）

須美子が空を見上げたのは、ささやかな願いを神様に託すためであり、込み上げてくる涙が溢れないようにするためでもあった。

それにしても、今年の冬は色々あったな――と須美子は気持ちを切り替えるように振り返る。

（雅人坊っちゃまのクラスの盗作問題、智美お嬢様宛のラブレター、若奥様のコートに入れられた写真。そして大奥様が見かけた少女たち。どれも、優しい皆さんだからこその出来事だった……ううん、四人だけじゃないわ。旦那様と光彦坊っちゃまもそう。この家の人たちは、皆さん性格も考え方も違うけど、それぞれの優しい想いが重なって、浅見家という形を築いている気がする。わたしも、縁の下で支えられるよう、もっと精進――）

オホンと咳払いする音が聞こえ、須美子は我に返った。

「――それにしても、わたくし、今回の件でよく分かったことがあります。もしかすると、須美ちゃんは光彦よりもよっぽど名探偵なのかもしれないわね」

「えっ!!」

須美子は体が急速に冷えていくのを感じた。こぼれ落ちそうだった涙も体も凍りつき、錆びついたおもちゃのようにぎこちなく首を横に向ける。いつのまにか雪江は、いつもの凜とした表情を浮かべていた。

「須美ちゃん、あの女の子たちのこと、全部花春さんに来ていた子どもたちからの伝聞だと言ったでしょう。でも、なんだか、自分で調べたようにも感じたのよね――」

「お、大奥様！　何をおっしゃっているんですか。わたしは、坊っちゃまとは違います！」

思わず口を衝いて出た言葉に深い意味はなかったが、雪江は深い意味で受け取ったらしい。

「……あら、須美ちゃんがそう言うってことは、まさか光彦！　あなたまた何か事件に首を突っ込んでいるんじゃないでしょうね」

「え？　いえ、大奥様……そういう意味では――」

須美子が慌てて取り繕い、光彦をフォローしようとするが、時すでに遅しだった。しかも間の悪いことに、雪江の鋭い目で睨まれた光彦は、「い、嫌だなあ、お母さん。僕は川端康成の取材に行っただけで……須美ちゃんも何を言っているんだい……ははは」と、雪に気を取られ油断していたのか、しどろもどろな反応をした。

これは明らかに怪しい——と須美子だけでなく、全員がピンときただろう。

「そういえば、このあいだ伊豆で不審な事件があったようだが……」

いつもは君子危うきに近寄らず静観を決め込む陽一郎までもが、今日は楽しそうに母親に荷担するようなことを口にした。

「ちょっと、兄さんまで、何を言い出すんですか！」

まさか本当に光彦が探偵ごっこに出掛けていたとは知らなかったのだから、種を蒔いた須美子にも、もうどうしようもない。

（……坊っちゃま、申し訳ございません）

だが、深く下げた頭をゆっくり上げてみると、雪江はなぜか笑っていた。

そのとき、須美子はふと目の前の光景が一枚の絵に見えた。

姉弟の言い分にうなずいて耳を傾ける母親。

そして、自分よりも大きい息子たち兄弟を見上げる母親。

二人の母親と四人の子供たちの姿が、風とダンスでもするかのように、雪舞う浅見家の庭で燦めいている。

遠く西の空の雲間から陽が差して、ビルの向こうに天使の梯子が見える。

大好きな浅見家の人々が、笑って過ごす日々。

それは須美子にとっての幸せでもある。
今日のことを十年後も二十年後も絶対に忘れないだろうな——と思いながら、須美子は舞い降りてくる雪の花びらに、そっと手を伸ばした。

（おわり）

あとがき

一九八二年、『後鳥羽伝説殺人事件』で颯爽と世に現れた名探偵・浅見光彦は、今年デビュー四十周年。今までに、一〇〇を超える事件を解決してきました。その間、光彦を始め、浅見家の人々、そしてお手伝いの吉田須美子は、時代とともに性格や設定が少しずつ変わっています。

たとえば、初期の作品の須美子は光彦坊っちゃまに対して砕けた口調で厭味を連発していましたが、次第に仄かな恋心を抱くようになっていきます。光彦にとっても須美子は、最初は意地悪なお手伝いでしたが、二〇一〇年刊行の『不等辺三角形』では、「ああいう女性を妻にしたら男冥利に尽きるだろうな」と思うまでになっています。

年齢を重ねるごとに変化が現れるのは当然ですが、内田康夫作品に出てくるキャラクターは歳をとりません。浅見光彦は永遠の三十三歳、吉田須美子は二十七歳のまま。つまり、これこそが内田康夫自身が公言して憚らなかったパラレルワールドであり、同じ二十七歳でも色々な吉田須美子が存在するのです。

本書の世界もまた、数多ある浅見光彦ワールドの一つとしてお楽しみいただけましたら幸いです。

二〇二二年五月

内田康夫財団事務局

参考文献
『新潮日本古典集成　芭蕉句集』今栄蔵　校注
『雪国』川端康成

取材協力　東京都北区
七社神社

この作品はフィクションであり、文中に登場する人物、団体名は、実在するものとまったく関係ありません。また、作中に描かれた出来事や風景、建造物などは、実際とは異なっている場合があります。

光文社文庫

文庫書下ろし

浅見家《あさみけ》四《し》重《じゆう》想《そう》 須美《すみ》ちゃんは名探偵《めいたんてい》!?　浅見光彦《あさみみつひこ》シリーズ番外《ばんがい》

著　者　内田康夫財団事務局《うちだやすおざいだんじむきょく》

2022年5月20日　初版1刷発行
2024年5月20日　4刷発行

発行者　三宅貴久
印　刷　新藤慶昌堂
製　本　ナショナル製本

発行所　株式会社　光文社
〒112-8011　東京都文京区音羽1-16-6
電話 (03)5395-8149　編集部
8116　書籍販売部
8125　制作部

落丁本・乱丁本は制作部にご連絡くだされば、お取替えいたします。
ISBN978-4-334-79357-9　Printed in Japan

組版　萩原印刷